VERLAG ANTJE
KUNSTMANN

ROBERTO CAMURRI

# *Der Name seiner Mutter*

Aus dem Italienischen
von Maja Pflug

Verlag Antje Kunstmann

She is trapped inside a month of grey
And they take a little every day
She is a victim of her own responses
Shackled to a heart that wants to settle
And then runs away
It's a sin to be fading endlessly
COUNTING CROWS, *Mercury*

Her long blonde hair flying in the wind
 she's been running half her life
the chrome and steel she rides
colliding with the very air she breathes
 the air she breathes
NEIL YOUNG, *Unknown legend*

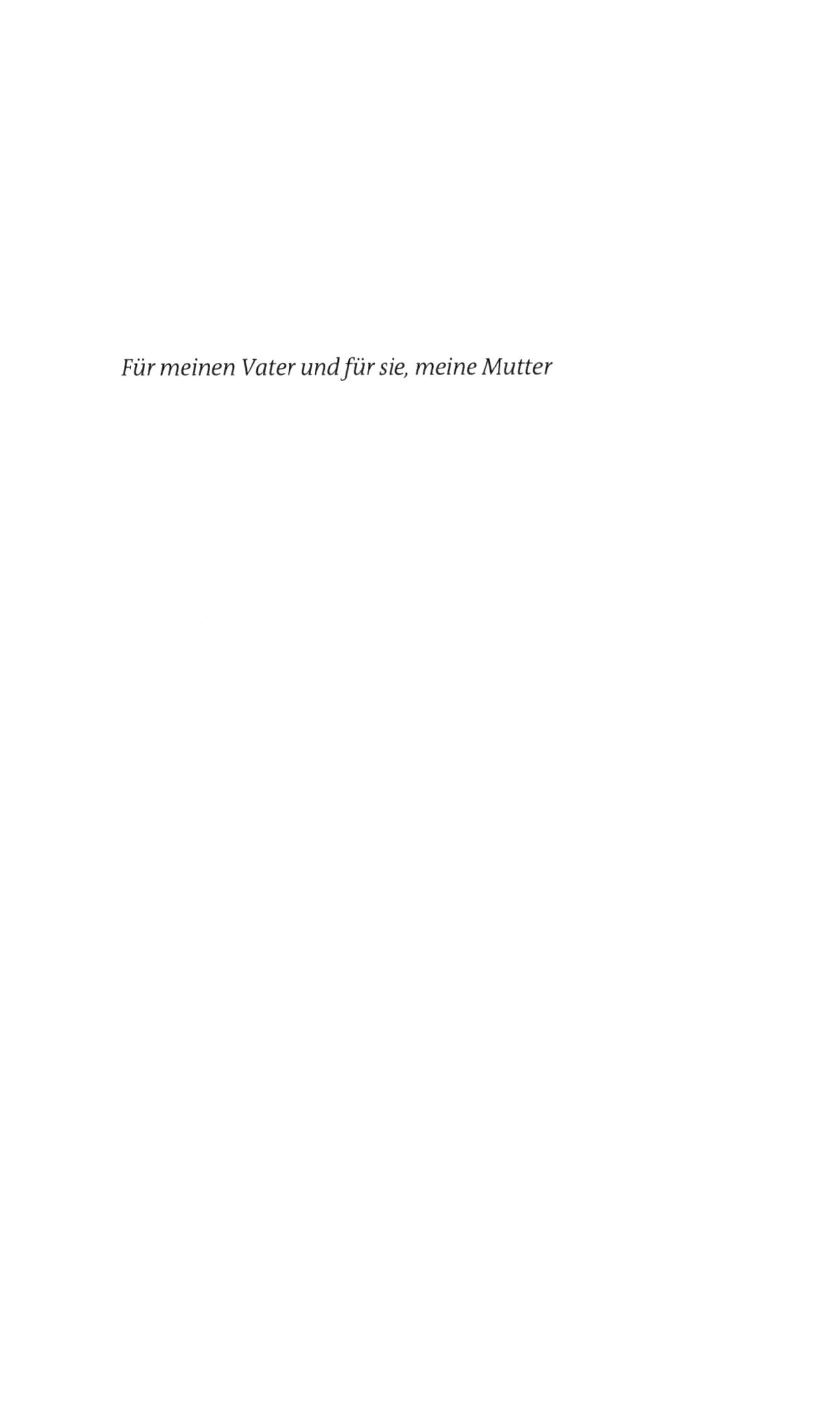

*Für meinen Vater und für sie, meine Mutter*

*An einem Tag im Juli wird er zum Mittagessen nach Hause kommen, es wird heiß sein, der Horizont eine flüssige Linie unter einem unscharfen Himmel.*

*Er wird die Tür öffnen und seine Frau vor sich stehen sehen, die blassen Hände zusammengepresst, das ganze Blut ins Gesicht gestiegen, die Augen weit aufgerissen, im Flur erstarrt wie von einem Bann getroffen.*

*Sie wird barfuß sein, und unter ihr, zwischen ihren Füßen, wird sich eine nasse Lache auf dem Boden ausbreiten; er wird einen Moment lang reglos verharren, die Zeit wie eingefroren.*

*Alles wird gut gehen, wird er sagen und staunen, wie ruhig seine Stimme klingt, wie sehr er sich in Panik fühlt.*

*Alles wird durch ihrer beider Hände gehen, durch die Sonne und die Hitze, die durch die offen gebliebene Tür hereindringt, durch dieses Haus, diesen Hof, ihr Leben bis zu diesem Augenblick.*

*Ihre Erinnerungen werden vorbeiziehen, die stummen Mittag- und Abendessen, ihr lustloser Sex, die Küsse, die sie sich nicht gegeben haben werden und die aus Angst gegebenen.*

*Der Motor des R4 wird aufheulen vor den Reihern, die vor ihr auffliegen, während sie tief atmet und sich mit den Händen am Griff festklammert, vor ihm, der immer weiter lacht und sich sagt, dass er endlich damit aufhören muss, hier auf dieser verlassenen Straße, mitten in dieser unendlichen Ebene mit ihren leuchtenden Farben, in der Sommersonne, die das Blau des Himmels verblassen lässt über ihren Köpfen, über Fabbrico.*

*Sie wird sich den Bauch halten, wird sagen, es tut weh.*

*Er wird sie ansehen und sich erneut verlieben in dieses Gesicht, das endlich ohne Abwehr ist, verstört, aufgeregt, glücklich und ängstlich, rot und zitternd.*

*Er wird sich erneut in ihre Hände verlieben, diese Hände, die sich zärtlich durch die Türen des Krankenhauses führen lassen, vorbei an den Gesichtern der wartend herumstehenden Menschen. Er wird Gänge, Aufzüge und Zimmer betreten, die nach Desinfektionsmittel riechen, wird Augenkontakt zu ihr suchen, die ihn unter dem ruhigen Blick der Krankenschwestern zu vergessen scheint.*

*Sie werden ihr helfen, sich auf einem Bett auszustrecken, werden ihr sagen, sie solle ganz ruhig sein, und sie beide in einem Zimmer allein lassen.*

*Er wird nicht wissen, ob er aufstehen und das Fenster öffnen soll, ob er versuchen soll, den Rollladen herunterzulassen, damit die Sonne den Raum nicht aufheizt, ob er zu ihr gehen, sie streicheln, küssen und mit ihr sprechen soll.*

*Er wird entdecken, dass er nichts zu sagen hat, ihr nichts zu sagen hat, wird entdecken, dass er fortlaufen und vielleicht zurückkommen möchte, wenn alles vorbei ist.*

*Alles wird durch ihr Dortsein passieren, durch die Luft in diesem Zimmer, durch ihre Hände, die sich wiedergefunden haben, kommunizierende Röhren einer einzigen Energie.*

*Er wird sitzen bleiben.*

*Sie wird schreien, es tut weh, es tut wirklich weh, und aufstehen, mit Fäusten gegen die pastellfarbene Wand hämmern, so fest, dass die Schläge widerhallen, sie wird mit dem Kopf gegen ebendiese Wand rennen, wird brüllen und fluchen, wie er sie noch nie gehört hat.*

*Absurd wird sein, sie auf einer Krankentrage wegrollen zu sehen, sie sich im anderen Zimmer vorzustellen, jenseits der Wand, vor seinen Augen verborgen im glühend heißen Verstreichen dieses Tages, absurd wird sein, dass die Welt sich weiterdreht, dass die Arbeiter weiterarbeiten, dass jemand in einer Bar einen Espresso trinkt, jemand anderes gelangweilt zu Hause auf dem Sofa liegt.*

*Absurd wird sein, dass der Sommer weiter Sommer bleibt, absurd, dass kein Wind aufkommt und alles verbrennt.*

*Stundenlang wird er warten, wird zusehen, wie der Tag in den Abend übergeht.*

*Er wird warten, dass sich die Türe öffnet.*

*Er wird Lust und gleichzeitig Angst davor haben, sein Kind zu sehen, sie zu sehen.*

*Dann wird Stille eintreten und er wird zittern, sich dem Bett nähern, denken, dass keine Blumen da sind, keine Torte, keine Luftballons, die das Zimmer schmücken, er wird die vier Wände betrachten, wird sie kahl und traurig finden, er wird ihr Gesicht betrachten und denken, dass sie noch nie so schön war.*

*Er wird mit der Hand ihre Stirn berühren, wird sich auf dem Bett ausstrecken und sie wird ihm Platz machen, er wird still daliegen, das Kind zwischen ihnen, die Luft erfüllt vom Duft seiner Haut und seiner Haare, und schweigend weiter sein Kind betrachten, Pietro.*

# EINS

PIETRO ÖFFNET DIE AUGEN, sie sind braun, lebhaft; er betrachtet die Decke, das Sonnenlicht, das mit den Schatten der zugezogenen Vorhänge, der Spielsachen und Möbel im Zimmer tanzt, die Risse in der blau gestrichenen Decke, die Hängelampe. Er weint.

Ettore hört es, wacht auf, bleibt mit geschlossenen Augen liegen und lauscht, wartet, dass sie sich bewegt, dass auch sie aufwacht; als er ihre Hand spürt, die seinen Rücken streichelt, rollt er sich mit einem Stöhnen zusammen, zieht die Knie an die Brust, die Hände unter dem Kissen; als er spürt, wie dieselbe Hand seine Schulter drückt, widersteht er der Versuchung, sie an den Mund zu führen, um sie zu küssen, und rührt sich nicht. Er öffnet die Augen erst, als er hört, wie sie ihm zuflüstert, er solle aufstehen.

Steh auf, sagt sie zu ihm.

Und da richtet Ettore sich auf, setzt sich auf die Matratze, Pietros Weinen klettert die Wände im Flur entlang, um hier zu explodieren, in ihrem Schlafzimmer; er stützt die Ellbogen auf die Knie, schlägt die Hände vors Gesicht, reibt es kräftig, er ist noch müde, fühlt sich, als hätte er nicht geschlafen. Einen Moment verharrt er so, möchte noch einmal ihre Stimme hören, noch einmal dieses Flüstern. Er dreht sich nicht um, sucht nicht ihren Blick, streckt die Hände nicht aus, wartet still, während Pietro immer weiter weint, noch heftiger; ihre Stimme kommt nicht, Ettore malt sich aus, wie sie schmollt, zusammengekauert, zerzaust, schön und wütend, zerknittert und parfümiert, er stellt sich den Abdruck des Kissens auf ihrem Gesicht vor.

Als er sich umdreht, ist sie nicht da, da ist nur das, was von ihrer Hälfte des Bettes bleibt, die Laken über dem Kissen, wo sie schlief, da ist Pietro, der immer noch weint.

Ettore steht auf und streckt sich, geht aus dem Zimmer hinaus den Flur entlang, der Boden aus künstlichem Marmor ist kalt unter seinen Füßen, vor der Zimmertür bleibt er stehen, und das Weinen scheint sich zu beruhigen.

Pietro sieht den Schatten seines Vaters länger werden, mit den anderen Schatten spielen, und macht die Augen weit auf, holt tief Atem. Als er ihn wieder fortgehen sieht, als er begreift, dass sein Vater nicht hereinkommen wird, lässt er dem Weinen wieder verzweifelt freien Lauf.

Ettore ist jetzt im Wohnzimmer, geht zur Küche, zur Fenstertür, schiebt die Vorhänge beiseite, um den Himmel zu betrachten.

Es ist einer dieser Tage, an denen die Ebene hinten auf die Berge zu prallen scheint, man sieht die verschneiten Gipfel am Horizont, und er wünschte, er könnte mit der Hand in den Schnee greifen, im Weißen hinunterkugeln wie ein Hund.

Er möchte zurückkehren zu dem Tag einige Monate früher, als die Kinderärztin sich die Haare hinters Ohr zurückstrich und mit einem fragenden Ausdruck, den Ettore nie ganz verstanden hat, sagte, das Kind bräuchte ein paar Tage in den Bergen, in guter Luft, um den Keuchhusten loszuwerden.

Er möchte zurückkehren zu dem Moment, in dem er sich zur Mutter seines Kindes umgedreht hat, zu ihr, die Pietro auf dem Arm hielt, zu diesem leeren, distanzierten Blick, zu den Worten, die sie gesagt hat, den Blick starr auf die Wand hinter der kopfschüttelnden Kinderärztin gerichtet.

Und was machen wir jetzt?

Zurückkehren zu dem Moment, als sie wieder ins Auto gestiegen sind, während Pietro weinte und sie auf die Straße starrte. Er wünschte, er hätte ihre Hand genommen, hätte ihr in die Augen gesehen, hätte den Mut aufgebracht, ihr zu sagen, wir fahren alle drei, es wird ein Urlaub sein.

Er wünschte, er hätte die Worte nicht gesagt, die aus seinem Mund gekommen waren, während er den Motor anließ.

Ich fahre allein mit ihm, du brauchst nicht mitzukommen.

Sie waren sehr früh aufgebrochen, die Sonne glitzerte auf dem Morgentau, der alles bedeckte, den Hausgarten, die Straße und die Werkstatt weiter vorn, die Wipfel der Bäume am Wegrand.

Von diesem Tau umrahmt, sah die Mutter seines Kindes im Rückspiegel gespenstisch aus, eine ätherische Gestalt mit verschränkten Armen vor der vom Nachthemd verhüllten Brust. Er hatte es ihr geschenkt, und sie hatte es nie angezogen.

Er fragte sie nicht, fragte nie, warum sie es nicht trug, und freute sich, als er sie am Abend zuvor mit diesem Nachthemd ins Bett kommen sah, eng umschlungen wie lange nicht mehr waren sie eingeschlafen, auf der Seite liegend, er hinter ihr, ihre Hände verschränkt, der Duft der frisch gewaschenen Haare.

Am Morgen hatte er gesehen, wie sie ins Haus zurückging, hatte Gas gegeben und dabei Pietro beobachtet, der hinten im Kindersitz angeschnallt war und ein Stück Stoff in der Hand hielt, an dem er mit glücklichen Schmatzern lutschte.

Auf der Straße war niemand, man hörte nur das Dröhnen des Autos und die Laute der Natur, die eben erwachte, die in den Bäumen versteckten Vögel.

Er fuhr langsam, ohne hochzuschalten, musterte die Landschaft, den Himmel, der aufklarte, gestreichelt von einem sachten Frühlingswind.

Nach wenigen Kilometern schlief Pietro ein und hustete nicht mehr, Ettore fragte sich nach dem Sinn dieser Reise, ein Lastwagen überholte sie, das Auto schwankte und geriet ins Schlingern, das Kind öffnete die Augen und begann erschrocken zu weinen.

Er versuchte, es mit zärtlichen Worten und sanften Tönen zu beruhigen, mit den Worten, die er zu Hause sagte, wenn er ihm die Windeln wechselte oder wenn sie zusammen auf dem Teppich im Wohnzimmer spielten, Worten, die es zum Lachen brachten.

Umsonst, sein Kind schien taub zu sein, zum Weinen kam noch der Husten, das Gesicht wurde blau, die Augen verengten sich, der Stoff fiel zu Boden. Ettore hielt auf der Standspur an, stieg rasch aus.

Mehr und mehr Autos fuhren vorbei und bewegten die

frische Luft abseits der Autobahn, er öffnete die hintere Tür, befreite Pietro aus den Gurten des Kindersitzes und nahm ihn auf den Arm, während das Weinen und der Husten mit dem Chaos der Motoren verschmolzen. Er drückte ihn an die Brust und wiegte ihn, sang ihm ihr Lied vor, das Lied, das er seinem Kind vorsang, wenn es nachts aufwachte und nicht schlafen konnte, sein Lieblingslied, anders als das Lied, das ihm seine Mutter vorsang.

Es war ein Lied, das immer wirkte, und er schloss beim Singen die Augen, versuchte, zur Ruhe zu kommen, und hoffte, diese Ruhe auf den schnellen, gequälten Atem seines Sohnes übertragen zu können.

Er sang es einmal, hatte Mühe, den Rhythmus zu halten. Pietro weinte und wand sich in seinen Armen, er hielt ihn fest, mit einer Hand streichelte er ihm den Rücken, sang es zum zweiten Mal, und die Worte kamen leichter, der Rhythmus klang richtig, die tiefen Töne bebten in seiner Brust, wo das Herz im Rhythmus des Herzens seines Sohnes pochte, der immer noch weinte und hustete, aber schon weniger als zuvor.

Beim dritten Mal wurde das Weinen zu Atem und der Husten zu einem leichten Röcheln, und Ruhe überkam die beiden noch am Rand der Autobahn, während das Auto sie vom Verkehr abschirmte.

Ettore sang weiter, sang das Lied zu Ende, immer noch mit geschlossenen Augen, als bitte er jemanden um Hilfe, der nicht da war, jemanden, den es vielleicht gar nicht gab.

Pietro atmete nun regelmäßig, Ettores Hand fühlte, wie der Rücken des Kindes sich hob und senkte, die Last auf dem

Arm wurde schwerer, der Körper seines Sohnes entspannte sich, er fühlte das Gewicht seiner Fähigkeit, zu besänftigen, jemand zu sein, dem man sich ganz anvertrauen konnte.

Vorsichtig hob er das Kind hoch und betrachtete sein entspanntes Gesicht, die noch ein wenig geröteten Pausbacken, die geschlossenen Augen, die langen Wimpern, die spärlichen hellen Haare, die Grübchen an den Armen; sein Vater kam ihm in den Sinn.

Über ihnen zog eine Wolke vorüber, deren Schatten auf sie fiel, er legte Pietro in den Kindersitz im Auto, horchte auf die Laute, die er im Schlaf von sich gab, leise Töne, so als träumte er, und Ettore fragte sich, was.

Mach, dass alles gut wird, flüsterte er.

Er blickte zum Himmel und sah der Wolke nach, die über ihren Köpfen vorbeizog, hin zu den Bergen, die sie bald erreichen würden, hin zu diesen unbefleckten Gipfeln.

Problemlos nahmen sie ihre Reise wieder auf, überwanden ohne weiteren Halt die Ebene, fuhren hinein in den Frühling dieses Hügels, in die Wälder, und hinter den üppig belaubten Bäumen tauchten Kirchtürme auf, dann Burgen und Weinberge, die Apfelbäumen Platz machten, und dann Gebirgsbäche mit so klarem Wasser, dass die Sonne es zu durchdringen und auf den Kieseln im Bachbett zu tanzen schien.

Pietro schlief weiter, und Ettore legte beide Hände auf das Steuer, dann schaltete er und massierte sich mit einer Hand die Knie und Schenkelmuskeln.

Als er gleich nach Verlassen der Autobahn die Kehren in Angriff nahm, begann er zu hoffen, dass sein Sohn die ganzen zehn Tage schlafen würde, und dachte, was sie wohl machen würden, an die Situationen, in denen sie allein sein und sich anschauen würden.

Er stellte sich vor, wie sie beide abends im Bett lagen, er noch wach und Pietro schlafend, im gleichen Rhythmus atmend, ganz nah. Er bekam große Lust auf einen Espresso, wollte anhalten, sich die Beine vertreten, das Panorama genießen, so anders als gewöhnlich, die Berge im Hintergrund, der Himmel durchsichtig, die Wälder und Niederungen, die Obstbäume und die Wiesen, die so grün waren, dass sie künstlich wirkten. Er bekam große Lust zurückzufahren, zurück zu ihr.

Sie fuhren an einem See entlang, im glatten Wasser spiegelte sich der jetzt wolkenlose Himmel, die Kurven wurden sanfter, gesäumt von Schildern in einer fremden Sprache, von bunten Blumen an den Fenstern der Häuser.

Das Hotel war aus hellem Holz, wahrscheinlich Fichte, wie die Bäume, die die Mauern und den Schotterweg zum Eingang säumten; in der Mitte eines Gartens, der sich zu beiden Seiten erstreckte, gab es Blumenrabatten, und am Ende, hinter einem steinigen Parkplatz, stand das gemütliche Hauptgebäude.

Er hielt an, und die Handbremse weckte Pietro, der sich die Augen rieb und sich dann umsah.

Ettore nahm ihn auf den Arm und wandte sich zum Eingang; auf der Schwelle wartete eine Frau, die sich die Hände an der Schürze abtrocknete, sie trug eine Brille und die fast grauen Haare im Nacken zu einem strengen Knoten geschlungen und sah aus wie eine Nonne, eine von denen, die immer nach gutem Essen riechen, mit aller Liebe und Geduld gekocht.

Kommt herein, sagte sie, ich gebe euch gleich die Zimmerschlüssel; dann fragte sie, ob sie zu Mittag gegessen hätten.

Ettore blieb stehen, sah das Kind an und sagte, nein, wir müssen noch essen.

Das Zimmer war klein, wie erwartet, roch nach Holz und nach Alter, es gab ein Kinderbett, das perfekt hierher passte, ein einziges Fenster mit Blick auf den See und die Wälder.

Auch das große Bett war aus Holz, ein Ehebett, das Bad war sauber, und auf dem Waschbecken standen künstliche Blumen. Ettore setzte seinen Sohn auf den Teppichboden und fragte sich, ob es richtig sei, ein zehn Monate altes Kind auf dem Boden eines Hotelzimmers sitzen zu lassen.

Durchs Fenster kam ein guter Geruch, er packte die Koffer aus, holte als Estes die Spielsachen heraus und betrachtete Pietro, der an seinem Stoffstück lutschte. Er betrachtete seinen Sohn, so ruhig und kein bisschen beunruhigt über das Fehlen der Mutter, und räumte die Kleider in den Schrank, der nach Mottenkugeln roch.

Alles wird gut gehen, sagte er sich.

Auf der Seite des Nachttischs mit dem Telefon setzte er sich aufs Bett, hob den Hörer ab, hielt ihn ans Ohr, klemmte ihn mit der Schulter fest, lauschte dem Tuten auf der anderen Seite; er spielte mit dem Spiralkabel, schob seinen Zeigefinger hinein, seufzte und legte wieder auf.

Er streckte sich aus, betrachtete seinen Sohn, die kleinen, noch nicht ausgewachsenen Zähne, dann sagte er, komm, lass uns essen gehen.

Sie gewöhnten sich rasch ein in diesen Ferientagen. Sie wachten auf, unterhielten sich, frühstückten, spazierten die Dorfstraßen entlang bis zum See, der jeden Tag die Farbe wechselte, setzten sich in einem der wenigen geöffneten Cafés unter den gestreiften Sonnenschirm und betrachteten die Berge und Wälder, das ruhige Wasser und die Enten, die weiter rechts im Schilf paddelten.

Ettore zeigte sie Pietro, der eine Weile brauchte, bis er sie wahrnahm, dann zeigte auch er mit dem Finger darauf und lächelte, die Sonne erschien zwischen den Wolken, die dichter wirkten im Vergleich zu denen bei ihnen in der Ebene, weniger drohend. Es war, als könnte man hier freier atmen, trotz der Gipfel und Wälder rundherum.

Am Abend, wenn Pietro eingeschlafen war, stellte sich Ettore manchmal im Zimmer ans Fenster, blickte hinaus in die Dunkelheit, auf die Umrisse der Bäume und Beete im Garten, die wenigen Lichter hier und da, und der Anblick versöhnte und ängstigte ihn, sodass er danach fast die ganze Nacht auf dem Bett saß und das Telefon anstarrte. Dann hustete das Kind oder wachte auf oder röchelte. Ettore fürchtete, es könne etwas Ernstes sein, ein Rest Keuchhusten, also trat er an das Bettchen und nahm seinen Sohn auf, drückte ihn an die Brust, und erst dann gelang es ihm, einzuschlafen.

Die Frau war freundlich und nett, sie umsorgte sie, im Speisesaal sah sie sie teilnehmend und nachsichtig an, auch wenn das Kind weinte und dann hustete und dann gleichzeitig weinte und hustete.

An jenem Morgen war es ruhig, spielte mit einem grünen Plastiklöffelchen und schob die Brösel des Apfelkuchens hin und her, es hatte die schmalen Augen, die langen Wimpern, den verdrossenen Mund und das angespannte Kinn seiner Mutter, hatte an jenem Morgen ihren Gesichtsausdruck, und während Ettore es auf dem Stuhl vorgebeugt anstarrte und den Kaffee vergaß, der im Tässchen kalt wurde, dachte er daran, wie schön sie in dem Nachthemd war, das er ihr geschenkt hatte. Dachte an das Fieber, an ihre Energielosigkeit, als er zu ihr trat, nachdem das Kind endlich eingeschlafen war, als er sich zu ihr aufs Bett gesetzt und gefragt hatte, wie es ihr gehe.

Schlecht, hatte sie geantwortet, ich habe keine Kraft, für nichts.

Ich koche dir eine Brühe.

Das kannst du doch gar nicht.

Ich tu rein, was ich finde.

Zum Beispiel?

Was weiß ich, das Fleisch, das noch da ist, das Gemüse, das da ist.

Dann hol mir doch lieber eine Pizza.

Aber nein, ich töte die Tauben, die nehme ich und stecke sie samt Federn in den Topf, damit es auch nach was schmeckt.

Er dachte an ihr Lächeln, an ihre Art, sich auf die Seite zu drehen, ihm zu sagen, er solle ins Bett kommen, sich ausruhen, denn morgen würde er früh aufstehen und fahren müssen.

Er fühlte, wie sich die Tränen einen Weg durch die geschlossenen Lider bahnten, fühlte sie seine Wangen hinunterlaufen, und als er die Augen wieder öffnete, sah er die Frau vom Hotel vor sich stehen, ihren mütterlichen Körper, das runde, lächelnde Gesicht. Er sah, wie sie in die Knie ging, dann hörte er ihre Stimme mit dem seltsamen ausländischen Akzent.

Wenn du willst, passe ich heute auf das Kind auf.

Danke, sagte Ettore und lächelte sie traurig an.

Dann fuhr er sich mit einem Arm übers Gesicht, streichelte seinen Sohn und fragte ihn, ob er auch brav sein würde.

Es war frisch, die Vögel zwitscherten und zogen ihre Kreise am wolkenlosen Himmel, und alles war hell und leuchtete: die Blumen, der Kies auf dem Weg, auch die Geräusche und die Gerüche.

Er ging vor bis zur Straße, wenige Autos fuhren durch die engen Gassen des Dorfes, wenige Menschen standen vor den Geschäften, vor der Bäckerei. Ettore sog den Duft ein, der dort herauskam, und den Duft nach all dem Holz. Er ging weiter bis zu dem Gasthaus gegenüber einem Felsenbrunnen, der inmitten eines Beetes voll großer gelber Blumen stand.

Bei der jungen Bedienung bestellte er einen Espresso, dann noch einen Fruchtsaft und ein Brötchen mit Speck, er war allein im Lokal, das Licht fiel gedämpft durch die zugezogenen Gardinen an den Fenstern, es war kühl zwischen den Hirschköpfen an den Wänden und den anderen ausgestopften Tieren auf den Konsolen, einem Falken und einem Wiesel. Er aß im Stehen an der Theke, beobachtete die lustlosen Bewegungen des Mädchens, seine breiten Hüften, seinen gelangweilten Ausdruck.

Der Weg war rot-weiß gekennzeichnet, zwei parallele Linien markierten die Bäume entlang des schmalen Weges, eine Steintreppe führte in den Wald, die Stufen waren lose und in den Ritzen wuchs Gras. Oben angekommen, sah Ettore über seinem Kopf das dichte Gezweig majestätischer Tannen, die die Sonne verdunkelten, er legte die Arme um sich und tat das Einzige, was ihm sinnvoll erschien, er setzte einen Fuß vor den anderen, den Blick auf die Nadeln gerichtet, die den Pfad bedeckten, auf die Steine, die ab und zu herausragten, und bereute es, keinen Stock mitgenommen zu haben.

An den steilsten Stellen stützte er sich mit den Händen auf die Schenkel, er ging und ging, lauschte dem Schweigen des Waldes rundherum, dem Rauschen des Windes, der die verborgenen Baumwipfel liebkoste.

Immer hoffte er, zu einer Lichtung zu kommen, zu einer Wiese, einem ebeneren Gelände, wo er Luft holen und durchatmen und seine schmerzenden Muskeln lockern könnte.

Unter diesem Dach aus Blättern und Fichtennadeln stand die Zeit still, Ettore hätte nicht zu sagen gewusst, wie lange er schon hier wanderte. Dann endlich lichteten sich die Bäume, ein Sonnenstrahl brach durch, nur einer, während der Wind ihm den Pullover an die Brust drückte.

Der Pfad führte nach rechts, wurde schmal, versteckte sich hinter dem Berg, drückte sich an den Felsen, links ein Steilhang, der See weiter unten, klein und hell, und oben zogen über seinem Kopf graue Wolken auf, verdunkelten rasch den blauen Himmel und den einzigen Sonnenstrahl, dem es gelungen war, zu entkommen. Die Arme um sich geschlungen, beobachtete Ettore die Wolken, bis der erste schwere Tropfen sein Gesicht traf.

Er blickte zurück, erwog umzukehren, dachte, wie es wäre, hier allein zu sein, wenn der Tag zur Nacht würde, an die Wärme des Kamins im Hotel, an seinen Sohn, und dann wanderte er weiter auf den Berggipfel zu, während er dem Grollen des beginnenden Gewitters lauschte.

Es regnete stetig, heftig, in Strömen. Er war vollkommen durchnässt, die Haare klebten ihm an der Stirn, der Pullover war zentnerschwer, die Füße in den Bergstiefeln trieften, obwohl der Wald sich wieder über ihm geschlossen hatte. Die Stille wurde zur Erinnerung, und jetzt machte zwischen Donner und Tropfen alles ein Geräusch. Ein anhaltendes Geräusch, dem Ettore aufmerksam zuhörte.

Er hörte die Zweige und das Holz knacken, verwechselte es mit etwas Lebendigem, das sich im Laub versteckt hielt, etwas, das nur herausspringen würde, um sich auf ihn zu stürzen und ihm etwas anzutun.

Die Mühe war wie weggeblasen, er ging schnell, die Augen fest auf den Pfad vor ihm gerichtet, manchmal auch auf die Füße, um den glitschigsten Steinen auszuweichen, um die Pfützen nicht zu übersehen, nicht das Gleichgewicht zu verlieren, nicht zu fallen.

Weiter und weiter ging er, achtete nicht auf die Schmerzen, den keuchenden Atem, klammerte sich an die Felsen, die Zweige der Sträucher. Er merkte, dass das Donnergeräusch vielleicht von einem Wasserfall kam, wenig später, nachdem er einen weiteren Engpass überwunden hatte, stand er plötzlich davor, sah zu, wie das durchsichtige, schäumende Wasser herabstürzte, lehnte sich an das hölzerne Geländer und dachte, dass er gern ein Foto gemacht hätte, dass er noch nicht angekommen war, dass er dieses Panorama gern von oben sehen wollte.

Er wanderte weiter; ein Ziel zu haben gab ihm Kraft, der Schmerz in den Beinen und der Unmut darüber, nicht passend ausgerüstet zu sein, ließen nach, er ging auf den Steinen und dem aufgeweichten Boden, zwischen schlammigen Rinnsalen, die seine Schuhe beleckten.

Der Pfad wand sich bergauf, der Wasserfall war bald weit weg, bald nah, er verschwand und tauchte wieder auf, sodass Ettore fürchtete, er habe sich verlaufen. Er verlor die Hoffnung, dann fasste er wieder Mut, kletterte weiter und rutschte ab, beschmutzte erst seine Kleider mit Erde, dann die Hände und das Gesicht.

Er schaute um eine Kurve, beschleunigte den Schritt und lief zu der Stelle, wo der Wasserfall begann, sah das in Nebel verwandelte Wasser die Luft erfüllen, sodass nun anderes Wasser als der Regen sein Gesicht nass machte, er sah eine Brücke über den Wildbach und dass der Wald hier zu Ende war, der Himmel klaffte über seinem Kopf, die Wolken ballten sich zu einer einzigen, riesigen Wolke, die alles bedeckte und nichts anderem mehr Raum ließ.

Er blieb stehen, stützte die Hände auf die Knie und atmete, lachte, ließ zu, dass der Wind und das Tosen der Wassermassen und all das Grau sein Lachen forttrugen.

Er stieg die Holzstufen hinauf, hielt sich am Handlauf fest, die Bein- und Muskelschmerzen kehrten zurück, er ging bis zur Mitte der Brücke, bevor er sich umdrehte, bevor er sich an das Geländer lehnte, das ihn sicher davor bewahrte, hinunterzustürzen zwischen die spitzen Steine, die ins Leere gestreckten Äste.

Er betrachtete das Tal unten, den See, der wirkte wie aus einer anderen Welt, und dort, wo der Wald in Wiese überging, erkannte man ein paar winzige Häuser, er atmete, so tief er nur konnte, und drehte sich dann um, kehrte der Seite, von der er gekommen war, den Rücken, um den Berg anzuschauen, der immer noch in diesen Himmel ragte, den Wildbach, der schäumend dahineilte, die von Wind und Regen gekräuselte Oberfläche, die jähen, raschen Wellen, die Strudel und Wasserlöcher.

Dann plötzlich sah er den Bären, der dort am Ufer stand, ohne ihn zu bemerken.

Er war groß, mächtig, das braune Fell nass. Auf Ettores Gesicht erschien ein kindliches Lächeln, ein Lächeln, das noch breiter wurde, als er sah, was hinter dieser riesigen Gestalt war: ein Bärenjunges, das sich auf den Rücken rollte, wieder auf die Füße kam und zu dem Erwachsenen trottete, der es schon erwartete.

Ettore sah, wie das Junge trank und die Bärin sich hinunterbeugte, um es mit der Schnauze zu liebkosen, er beobachtete, wie sie sich balgten, wie die Bärin sich auf den Rücken legte und der Kleine auf sie krabbelte, herunterfiel und wieder aufstand mit einem Gebrüll, das spielerisch klang, mitten im nachlassenden Regen, während die Wolken sich öffneten, um erneut einen einzigen Sonnenstrahl durchzulassen.

Ettore ging auf die Tiere zu, langsam, konzentriert stieg er von der Brücke hinunter und befand sich wieder im Wald, versteckte sich hinter den Bäumen, den Sträuchern, setzte mit gebeugten Knien, die nicht mehr schmerzten, geräuschlos einen Fuß vor den anderen und wischte sich ab und zu die Augen aus in der Hoffnung, dass es nicht wieder zu regnen anfangen würde.

Er näherte sich, rutschte aus, ohne es richtig zu merken, und stürzte, schlug mit dem Kopf auf einem Stein auf, griff sich mit den Händen in die Haare, es blutete nicht, und beim Aufstehen behielt er die Bären im Auge, die ihn noch nicht gesehen hatten.

Er beobachtete, wie sich die Bärin auf den Rücken legte und der Kleine auf ihr herumkrabbelte, hüpfte und zubiss, er sah die Pfoten zappeln vor dem Himmel, der allmählich blau wurde, im Wind, der nicht nachlassen wollte, im Tosen des Wasserfalls, und sein Herz klopfte zum Zerspringen.

Er hockte sich hinter ein Gebüsch, bog die Zweige auseinander und sah, dass jenseits des Wildbachs zwischen den Bäumen versteckt ein dritter Bär auf den Hinterbeinen stand, ein Wächter, der ihn mit schmalen Augen fixierte.

Ettore erstarrte, hockte da wie gelähmt, die Hände zwischen den Zweigen, fasziniert von der Kraft dieses Tiers, während es die Pfoten reckte und ein Gebrüll ausstieß, das durch das ganze Tal hallte, explodierte und rund um ihn, der noch zu keiner Bewegung fähig war, die vollkommenste Stille zurückließ.

Er hörte das Rauschen des Regens nicht mehr, das Geräusch des Wasserfalls, der anderen, im Wald versteckten Tiere, der Tropfen, die auf die Äste und Blätter der Bäume trommelten. Er nahm nur seinen eigenen, in den Ohren dröhnenden Atem und seinen Herzschlag wahr, den auf ihn gerichteten Blick der anderen beiden Bären, das Geräusch der Schritte des dritten, der hinter ihnen stand und sich in das schäumende Wildwasser stürzte, das Geräusch der Halt suchenden Pfoten auf dem glitschigen Boden und wie die Klauen sich in das Gras bohrten, das Ettore zu Fall gebracht hatte. Noch immer bewegungslos hörte er, wie das Gebrüll in der Brust des Tiers widerhallte, das jetzt vor ihm stand, hörte erneut diesen furchterregenden Laut explodieren, sah diese schmutzigen Reißzähne jetzt ganz nah, und das Rosa der Mundhöhle, die schlammigen Klauen, das am Bauch nasse und dunklere Fell, er sah die Augen über sich funkeln, wähnte sich schon tot, zerfetzt, gefressen, eine willkommene Mahlzeit für das Bärenjunge, dessen Blick er auf sich spürte.

Er dachte an seinen im Hotel zurückgebliebenen Sohn, fragte sich, ob es für Pietro besser wäre, wenn er ohne Vater aufwüchse, ob er ihr fehlen würde, ob sie weinen würde.

Reglos starrten sie einander an, rührten sich nicht, die Zeit dehnte sich, während Ettore bewusst wurde, was Schrecken bedeutete. Er sah, wie das Bärenjunge zu der Bärin tapste und sich nun ebenfalls brüllend aufrichtete, doch dieses Gebrüll war nicht furchterregend, und Ettore musste lachen angesichts der beiden Bären, des Waldes, seiner Unternehmung, die sich als verrückt und herrlich erwiesen hatte, angesichts des Himmels, der aussah, als hätte er das Gewitter, den Regen und den Donner vergessen, und der Vision von ihr, wie sie im Bett lag, und der Sehnsucht, ein letztes Mal ihre Stimme zu hören.

Er lachte und entdeckte, dass er nicht mehr aufhören

konnte, lachte, bis sich die Bären wieder auf ihre Vorderpfoten fallen ließen, bis sie schließlich an ihm vorbei davontrotteten und im Wald verschwanden. Da schloss er die Augen, und dabei sah er sie, sah, wie schön sie war trotz des Fiebers, wie schön sie war mit ihren dicken Wollstrümpfen, während sie sich durchs Haus schleppte in dieser Maiwoche, die schon nach Sommer duftete, er sah sie und sah, wie sie ihn küsste, ihn anlächelte, streichelte, seine Hand drückte, er sah sie und hörte sie, hörte ihre Stimme, ihr Gebrumm vor dem Einschlafen.

Er fühlte die Wärme ihrer Haut und die Weichheit des Nachthemds unter seinen Fingern, er fühlte ihre Körper, die sich umarmten und drückten, die Küsse, die er ihr gegeben hatte, er roch den Duft des Frühstücks, das er zubereitet hatte, da er als Erster aufgewacht war, und er fühlte das alles auch noch, als er die Augen wieder öffnete und die spielenden Tiere da liegen sah, nur zwei, in der gleichen Position, in der er sie gesehen hatte, bevor er ausrutschte und mit dem Kopf aufschlug.

Rückwärts ging er denselben Weg, der Abstieg bereitete ihm keine Mühe, er rannte beinahe, stolperte und fiel nicht hin, die Füße trittsicher auf den rutschigen Felsen, die Düfte, die das Gewitter geweckt hatte, das Moos auf den Stämmen, die Beeren, die er vorher nicht bemerkt hatte, die aufblühenden Blumen und das Grün der Blätter in der Sonne, die jetzt prall und heiß war, wie sie immer hätte sein müssen.

Er ging ohne Müdigkeit, lief unter dem Blätterdach hinunter bis zu dem Steig, der ihn auf diesen Pfad geführt hatte;

es war später Nachmittag, die schon fernen Wolken färbten sich lila im Sonnenuntergang, zusammen mit den Wäldern rundherum und dem Wasser des Sees, in dem sie sich verschwommen spiegelten.

Er erreichte das Hotel und trat ein.

Pietro saß mitten im Esszimmer auf dem Boden, in seine Spiele vertieft. Die Frau sah Ettore und lächelte, er blickte sie an und schüttelte verneinend den Kopf, dann zog er die Stiefel aus und betrachtete erneut seinen spielenden Sohn.

Tropfnass ging er die Treppe zum Zimmer hinauf, hinterließ eine Wasserspur auf dem hellen Parkett, steckte den Schlüssel ins Türschloss und setzte sich aufs Bett und merkte gar nicht, dass die Matratze feucht wurde, es störte ihn nicht, er fühlte keinen Schmerz, er fühlte nichts, nur, dass er hier saß, mit dem Telefon in der Hand, dass er die Nummer wählte, anrief und niemand antwortete.

# ZWEI

Ettore trinkt seinen Kaffee aus, wäscht im Spülbecken die Tasse ab und wendet sich zum Kinderzimmer, wo Pietro immer noch weint. Er umgeht die Spielsachen auf dem Boden, hebt manche auf, räumt andere weg, schaut den Flur entlang und endlich in das Zimmer. Pietro hat die Augen zu und sieht ihn nicht.

Ettore hält inne und betrachtet seinen Sohn, die Gesichtszüge, die zur Faust geballten Hände, die nach oben gestreckten Arme, die Beine im Laken gefangen, aus dem er sie nicht befreien kann, die vor Wut gerötete Haut; er beugt sich zu ihm hinunter und hebt ihn sanft hoch.

Pietro öffnet die Augen, sieht seinen Vater und hört zu weinen auf, öffnet die Hände und greift nach Ettore Gesicht, der lächelnd leise mit ihm spricht und sagt, herzlichen Glückwunsch zum Geburtstag.

Sie gehen ins Bad, und das durch die pastellfarbenen Vorhänge fallende Licht färbt die Wände, die sie unbedingt blau streichen wollte, die getrockneten Lavendelblüten neben dem Spiegel.

Er setzt das Kind auf die Wickelkommode, still ist es jetzt im Haus, und draußen, in Fabbrico, scheint sich nichts zu rühren, durch die Fenster kommt kein Geräusch herein, es gibt nur sie beide, Ettore und Pietro, der sich ohne einen Laut die Windeln wechseln lässt, ab und zu ein wenig strampelt, sich waschen lässt und mit den Händen fuchtelt, um die Dinge zu greifen, die er sieht, die Zahnbürsten, immer noch zwei, das Parfüm von ihr, das noch hier steht.

Immer noch lächelnd, steigen sie ins Auto, machen Späße, das Kind streichelt den Schnauzbart seines Vaters, die Sonne ist prall, und die bauschigen weißen Wolken am Himmel scheinen über einem bergigen Horizont heraufzuziehen. An der Bar machen sie halt, Bice reicht dem Kind eine Brotrinde, es lächelt und beginnt zu knabbern, während Ettore im Stehen an der Theke ein Stück Mangoldtorte verzehrt.

Pass auf, sagt er, während er Pietro mit seinem Krümelmund betrachtet.

Auf einer dieser Straßen, die er auswendig kennt, fahren sie aus dem Dorf hinaus, Straßen, die er schon in allen Lebenslagen gefahren ist, die ihn zu ihr brachten, als sie noch ein Liebespaar waren, bevor sie zusammenzogen.

Er sieht die Häuser und die Gärten, sieht das Kind, das auf die an den Zäunen rankenden Blumen zeigt, die dunkelgrün leuchtenden Hecken, die in der nun hoch stehenden Sonne zu schwitzen scheinen. Gleich nach dem Ort beschleunigt er, Pietro ist neugierig, reckt den Hals, betrachtet aus dem Autofenster die Häuser und Felder. Ettore dagegen achtet nicht darauf, er fühlt nichts auf dieser Strecke, er wohnt nicht mehr gerne dort, denkt zurück an die Wälder, die frische, saubere Luft, die man auf den einsamen Wanderungen im Gebirge atmete.

Die Schwiegereltern sind umgezogen, sie wohnen jetzt in einem Reihenhaus gleich außerhalb des Dorfs, das Viertel rundherum dehnt sich mitten auf dem Land aus, es ist ganz neu und ganz sauber.

Er parkt im Hof, gegenüber vom Eingang, neben dem Auto der Schwiegereltern, das vor der Garage steht. Vor dem Aussteigen hupt er.

Zuerst erscheint nicht Ester, sondern Livio, er schaut heraus, öffnet die Tür und läuft ohne ein Wort strahlend auf das Auto zu, auf Pietro, der ihn sieht und genauso lächelt wie sein Großvater, kindlich.

Livio beugt sich zum Fenster, lächelt weiter, und das Kind, schon nervös vom Warten, streckt seinem Großvater, der ihn immer noch bewegungslos anschaut, die Hände entgegen; es quengelt, und Ettore, der die Szene im Rückspiegel beobachtet, stellt sich vor, dass Pietro, wenn er könnte, zum Großvater sagen würde, lass mich sofort aussteigen, mach dich nicht über mich lustig.

Endlich öffnet Livio die Autotür, und auch Ettore steigt aus, jetzt stehen sie im Hof, der Großvater hat das Kind auf dem Arm und lacht, sie lachen zusammen, und auch Ettore lacht mit und hört ihrem Gebrabbel zu, bis er Livio sagen hört, komm, in der Garage habe ich ein Geschenk für dich, es ist eben fertig geworden.

Ester hat hinten im Garten gedeckt, im Haus ist es kühl, die Rollläden sind heruntergelassen, die Gardinen zu. Nach dem Eintreten überläuft Ettore ein Schauder, er wünschte, jemand brächte ihm bei, wie auch er sein Haus kühl halten kann. Alte Fotos stehen herum, Ester und Livio, die sich auf einem Bootssteg umarmen, der, könnte man meinen, ins Meer ragt, doch vielleicht ist es nur ein Fluss. Die beiden gehören einer Generation an, die nicht reist, die daheimbleibt und für die die Welt ein kleiner, enger Ort ist.

Es gibt Fotos von Pietro gleich nach der Geburt, er hat ein blaues Mützchen auf, die Augen geschlossen. Die Bilder, auf denen sie, Pietros Mutter, ihre Tochter, dabei war, sind verschwunden, versteckt, nicht mehr da.

Ester öffnet die Tür, die nach hinten zum festlich geschmückten Garten führt, zur Sonne dieses Sommers. Dann dreht sie sich um, schließt sie wieder und geht auf Ettore zu, der noch steif dasteht, legt diesem von der geballten Abwesenheit auf diesen Bildern gebannten Mann die Hand ans Gesicht und streichelt ihn.

Ettore sagt nichts zu dieser ungewöhnlichen Geste, er lässt es zu, dass seine Schwiegermutter ihn an der Hand nimmt, ihn hinausführt.

Es ist heiß trotz des schattigen Laubengangs unter dem Ziegeldach, das sie in der Hoffnung auf solche Gelegenheiten gebaut haben. Im Garten blühen Blumen, es gibt Kletterpflanzen, die Magnolie, die sich überall ausbreitet mit ihren Ästen und ihren glänzenden Blättern, Ettore schaut sie an und denkt, wie schade es ist, dass ein so schöner Baum nur so kurz blüht. Er denkt, dass er gern eine in ihrem Garten pflanzen möchte, dann sagt er sich, lieber nicht.

Auf dem Tisch liegt eine makellos weiße Tischdecke, man hört den Gesang der Zikaden, wer weiß wo versteckt auf der anderen Seite der wenig befahrenen Straße, die den Garten von einem Feld voller Heuballen trennt.

Ettore setzt sich ans Kopfende des Tisches, Ester geht wieder ins Haus und kommt mit einer Flasche zurück, Weißwein, den mag Ettore nicht, doch er öffnet ihn schweigend, als Ester ihm den Korkenzieher reicht, sie haben noch kein Wort gewechselt. Er gießt sich ein Glas des kalten Weins ein und trinkt es in aller Ruhe, die Beine ausgestreckt, lauscht er der Stille, hört die Geräusche, die Ester bei den letzten Vorbereitungen in der Küche macht, die Worte, die Livio zu Pietro sagt, als sie näher kommen, das Knirschen von etwas, das den Gehweg entlangrollt; dann sieht er Pietro in einem Holzauto sitzen, die Füße von den Pedalen weggestreckt, die sich ins Leere drehen, während Livio ihn anschiebt.

Das Auto ist schön, mit vielen Extras, aufgemalte Scheinwerfer, das Lenkrad ein echtes Lenkrad, die Reifen echte Reifen, und Pietro lacht, rot im Gesicht, aufgeregt, glücklich.

Ettore hebt die Hände, ruft begeistert Bravo!, und Livio freut sich, auch er ist glücklich.

Toll, sagt Ettore, nachdem er einen Schluck Wein getrunken hat.

Ich bin ein Künstler, antwortet sein Schwiegervater.

Sie essen, Ester füttert das Kind, sie hat eine freundliche, alberne Stimme, spielt Flugzeug.

Achtung, Achtung, schwer beladener Frachter setzt zur Landung auf deinem Flughafen an, sagt sie.

Sie lässt den Löffel durch die Luft fliegen, ein paar Nüdelchen fallen auf die weiße, gar nicht mehr so makellose Tischdecke, man sieht jetzt Flecken vom Essen, Brotkrümel, Ringe vom Wein, der fast alle ist.

Ettore steht auf, will abräumen, Ester sagt, lass nur, ruh dich aus, und daraufhin setzt er sich wieder, mustert die Hecke, die das Haus von den anderen Häusern, den anderen Gärten, den anderen Familien trennt, und Livio, der sich mit der Serviette den Mund abwischt.

Ein Spatz landet auf der weißen Tischdecke, pickt mit dem Schnabel einen Krümel auf, fliegt davon, die Magnolienblätter bewegen sich, obwohl kein Wind geht, Sonne und Himmel sind verborgen, Pietro schwenkt die Hände, es sieht aus, als würde er singen, Livio kratzt sich am Arm und fragt Ettore, ob ihm der Wein schmeckt.

Ausgezeichnet, antwortet er.

Der Geburtstagskuchen ist mit Erdbeeren und Kiwi belegt, darunter eine Creme; Pietro sitzt auf den Knien seines Vaters und lacht, als Livio das blaue Kerzchen in der Mitte anzündet, klatscht in die Hände, als es ausgeht, als sie es wieder anzünden und dann wieder auspusten.

Ettore flüstert seinem Sohn Glückwünsche ins Ohr, und während die Sonne wandert und die Zweige der Magnolie sie nicht mehr vor der Sommerhitze schützen können, nimmt er das Stück Kuchen, das Ester ihm abgeschnitten hat, und isst es, als Einziger.

Die Schwiegereltern fischen Kirschen aus dem Korb in der Mitte des Tisches, und das Kind beobachtet sie, ihre Bewegungen, ihr Lächeln, wie hypnotisiert, ganz still, wie alles um sie herum.

Auch Ettore streckt die Hand aus, um eine Kirsche zu nehmen, die größte im Korb. Mit Mühe schneidet er sie entzwei, verschmiert seine Hände, löst den Kern heraus.

Pietro nimmt die Kirsche von der Tischdecke, führt sie an die Lippen, beginnt zu lutschen und langsam zu kauen.

Plötzlich stockt er, läuft rot an, die Hände zu Fäusten geballt, die Arme wie versteinert. Auch Ettore ist versteinert, starr, regungslos, entsetzt schaut er sein Kind an, das erstickt, ihm ist, als sei nichts mehr möglich, alles Angst und Schrecken, nichts zu machen.

Ihm ist, als könne Stillhalten den Augenblick ins Unendliche ausdehnen, und während er seinem Kind starr in die Augen sieht, es hat die gleichen Augen wie seine Mutter, reißt ihm jemand mit einem Ruck den kleinen Kinderkörper vom Schoß, und alles geht auf einmal schneller, bewegt sich rascher, so als müsste die Zeit wieder mit dem Rest der Welt in Einklang kommen.

In der reglosen Luft des Nachmittags hält Ester das Kind am Fußgelenk und schüttelt es mit aller Kraft, Ettore, der es nicht schafft aufzustehen, greift sich an den Kopf, krallt die Hände in die Haare und schaut, nur schauen kann er und hat keine Zeit zu hoffen, denn vor seinen Augen spuckt sein Sohn etwas aus, das im Bogen zu Boden fällt, und dann lacht Ester, dreht das Kind um, drückt es ans Herz und streichelt es; und Ettore, vielleicht aufgerüttelt von dem Ton, den das Etwas beim Aufkommen gemacht hat, erhebt sich, nimmt der Schwiegermutter sein Kind ab und presst es an sich.

Er umarmt es ganz fest, während er Ester sagen hört, er

solle es atmen lassen, er drücke ihm ja die Luft ab; er lockert seinen Griff ein bisschen, hört aber nicht auf, es zu streicheln, weiß nicht, was er sagen soll, will nur so bleiben und still dem Weinen seines Sohns zuhören, der noch lebt, diesem heftigen, gesunden Weinen.

Rund um sie fahren Autos und Fahrräder vorbei, keiner der drei verjagt die Spatzen, die auf den Tisch zurückgekehrt sind, um die Krümel und das Obst vom Kuchen aufzupicken.

Keiner sagt ein Wort, kein Laut kommt aus den Nachbarhäusern oder von der Straße.

Ettore hört, wie sich jemand räuspert, es ist Livio, er will etwas sagen, seine Stimme klingt gepresst, seltsam, er räuspert sich noch einmal und setzt erneut an.

Lass ihn hier, sagt er, lass ihn bei uns, gönn dir ein paar Tage für dich.

Es klingt nicht anklagend, sondern freundlich und väterlich, Ettore fühlt, dass er aufatmen kann, dass er ihm vertrauen kann.

Wieder betrachtet er seine Schwiegereltern, ihre Gesichter, ihre Augen, betrachtet ihre Hände und dann seine, betrachtet seinen Sohn, die spärlichen Haare, die Augen, die ihn jetzt suchen, die Haut, die allmählich wieder die gewohnte Farbe annimmt, er betrachtet dieses Gesicht und begreift, dass er für immer sie darin sehen wird, sein Leben lang.

Jetzt lächelt sein Sohn, strengt sich an, die Augen offen zu halten, kämpft gegen den Schlaf, scheint alles vergessen zu haben, als gehöre die Angst von vorher zu einer Welt, die es nicht mehr gibt.

Ettore sieht ihn an und drückt ihn, steht auf und hält Ester das Kind hin. Sie lächelt.

Nimm du ihn, sagt er zu ihr.

# DREI

DAMALS HATTE ER NOCH NICHT DEN R4, sondern einen wassergrünen Fiat 128. Seine Freunde lästerten, das sei doch ein Frauenauto, sagten sie; ihm war es egal, auf solche Dinge achtete er nicht.

Es machte ihm Spaß, sie abzuholen, die drei Minuten zwischen Fabbrico und Guastalla auszukosten, es tat ihm gut, zu wissen, dass er sie dort antreffen würde, dass es einen Ort gab, wohin er fahren konnte, jemanden, der auf ihn wartete.

Er fuhr mit offenem Fenster, immer, auch im Winter, auch wenn es regnete und wenn es schneite; er legte seinen Ellbogen auf die Fensterleiste und spürte die Luft, die auf dieser flachen Ebene der Emilia gewöhnlich fehlte, es machte ihm Spaß zu rasen, schnell zu fahren, das Adrenalin, das ihm den Rücken hinaufstieg, wenn er im letzten Moment bremste.

Auch an jenem Nachmittag raste er, die Sonne sank schon und leuchtete die Wolken an, und alles duftete nach Ruhe.

Nie war sie für ihn bereit, nie stand sie am Fenster und erwartete ihn, dort stand Ester, die Haare immer frisiert, mit ihrer dicken, großen Brille, ihrem angespannten, abweisenden Lächeln.

Ester legte ihre gefalteten Hände auf das blumenlose Fensterbrett. Sie sah Ettore von Weitem kommen, sah, wie er vor der Kurve abbremste, die zu diesem Viertel gleichförmiger grüner Häuser führte.

Er blieb immer im Auto sitzen, parkte in der Mitte des Platzes, wartete und wartete, sie hatte immer eine Ausrede, etwas, das sie daran hinderte, pünktlich zu sein. Er verlor nie die Geduld, wurde nicht zornig und wütend, starrte einfach auf die Glastür des Wohnblocks, bis er sie die Treppe herunterkommen sah, erst die Füße, dann die Beine und schließlich alles Übrige.

Ab und zu überfiel ihn der Gedanke, dass er sie nie wirklich hatte lachen hören, das machte ihn befangen und verunsicherte ihn zutiefst.

Er hatte Angst, dass sie ihn nicht liebte.

Dann waren nacheinander, im Abstand von einem Monat, seine Eltern gestorben, sie war zu ihm gezogen, hatte plötzlich mit einem kleinen Koffer vor der Tür gestanden, er hatte ihr aufgemacht und nichts gesagt. Er hatte nichts gesagt, als sie schweigend begann, ihre Sachen in den Schubladen des Schlafzimmerschranks zu verstauen, ihre Hosen auf Bügel zu hängen.

Er hatte auf dem Bett gesessen und zugesehen, während sie die Sachen, von denen sie glaubte, sie seien zerknittert, neu zusammenfaltete.

Ich bleibe eine Woche, hatte sie gesagt, ich habe Urlaub genommen.

Er hatte erwidert, das hätte es doch nicht gebraucht, und sie hatte ihn geküsst und gesagt, du weißt nicht, was du brauchst.

Sie hatte Ettore bei den nötigen Formalitäten geholfen,

hatte ihm die ganze Zeit die Hand gehalten, so war es ihm jedenfalls vorgekommen, hatte ihm beigestanden, als er einen ganzen Nachmittag das riesige Haus mit dem vielen Land rundherum angestarrt und sich gefragt hatte, was er damit machen sollte, ob er in der Lage sei, sich darum zu kümmern.

Sie war zu ihm auf die Tenne hinausgegangen, hatte sich neben ihn auf die Schaukelbank gesetzt, ein Brett mit Aufschnitt hingestellt, gewürfelte Mortadella und Salamischeiben, und eine Flasche Lambrusco entkorkt; zusammen hatten sie gegessen, mit Blick auf Fabbrico, die Ebene und die Felder, die sich hinter dem Garten erstreckten, und dabei den Geruch der Tiere im Stall und ihre Geräusche wahrgenommen.

Sie waren dort sitzen geblieben und hatten auf den Sonnenuntergang gewartet, auf die ersten Sterne am dunkelblauen Himmel und den Neumond. Es hatte ihm gefallen, sie neben sich zu haben, nicht gegenüber, als säße sie da, um mit ihm in eine Zukunft zu blicken, die sich nicht zeigen wollte, den Kopf auf seine Schulter gelegt, schweigend, ohne das Bedürfnis zu reden.

Sie stieg ins Auto und küsste ihn flüchtig auf die Wange, ich habe mich verspätet, sagte sie. Sie entschuldigte sich nicht, niemals.

Er antwortete, sie solle sich keine Sorgen machen, ließ den Motor an und fuhr mit ihr zu der Bar am Ufer des Po. Sie setzten sich an ein Tischchen, beobachteten, wie die Sonne hinter einer Flussbiegung auf der anderen Seite der Brücke unterging, sprachen wenig und tranken, er sein Bier, sie ihren Crodino mit Eiswürfeln, verjagten die Schnaken, er sah zu, wie sie sich an Beinen und Armen kratzte und ein Mückenspray aus der Handtasche holte.

Es war ein Tag mitten in der Woche, wenige Leute waren unterwegs, und aus den Lautsprechern der Bar kam nur leise Musik. Sie knabberten Chips. Er machte sich den Spaß, die Erdnüsse in die Luft zu werfen und mit dem Mund aufzufangen, sie sagte, er solle damit aufhören, und er gehorchte, er fragte sie, ob sie Lust habe, eine Pizza zu essen, und sie zuckte die Achseln, er nahm es als ein Ja.

Sie gingen in das Lokal weiter hinten, liefen ohne sich an der Hand zu halten über den Rasen, der die beiden Gebäude trennte, setzten sich an einen Tisch im Freien, die Tischdecke war aus Papier, rot-weiß kariert, er wollte eine Pizza mit Thunfisch und Zwiebel bestellen und wusste, dass sie ein missbilligendes Gesicht machen und er später Schuldgefühle haben würde.

Was?

Ich habe nichts gesagt.

Du hast etwas gemurmelt.

Aber nein.

Hör auf. Sag mir, was du gesagt hast.

Schluss jetzt.

Ettore, ich werde allmählich sauer.

Zieh zu mir, zu mir in mein Haus.

Dein Haus?

Unser Haus.

Ettore holte tief Luft, umklammerte sein Glas und wischte mit dem Finger einen herunterlaufenden Tropfen ab, nahm einen langen Schluck, als wolle er das Bier austrinken, das dann in seinem Schnauzbart hängen blieb und das er mit der Lippe auffing. Er wusste selbst nicht, wie er den Mut fand, sie anzusehen, während sie weiter schwieg, ihre schwarzen Augen, die manchmal Katzenaugen glichen.

Er sah, wie sie errötete, während sie sich mit der Hand durchs Haar fuhr, und dann schief lächelte, sah zu, wie sich dieses Lächeln in etwas Überzeugtes, Entschiedenes verwandelte, die Lampen über ihren Köpfen tauchten sie in ein wunderbares Licht, sie war einfach bildschön in diesem Kleid, das er so liebte.

Er lauschte den Zikaden, die irgendwo im Laub der Bäume versteckt sangen, den summenden Schnaken, dem Schweigen zwischen ihnen, beugte sich vor, riss ein Fetzchen von der Tischdecke ab, knüllte es zu einem Kügelchen zusammen, das er zwischen den Fingern drückte, bevor er es warf und sie an der Stirn traf, bevor er sagte, oh, was ist?

Du bist ein Idiot, sagte sie.

Und was heißt das?

Dass es mir wirklich unbegreiflich ist, warum du so lange gebraucht hast, um mich das zu fragen.

Die Pizza kam, und sie aßen schweigend, während sich das Licht um sie wandelte, erst ein zartblauer und orangefarbener Schleier, der sie liebkoste, dann ein dunkleres Blau, das die Schatten wachsen ließ, und dann, ohne dass sie es bemerkten, die abendliche Dunkelheit, in der die Zikaden

den im Schilf am Flussufer zirpenden Grillen Platz machten.

Sie tranken einen Espresso, und er nahm noch einen Grappa dazu, dann erhoben sie sich, bezahlten und gingen Hand in Hand zum Auto, das Geräusch der Schritte auf dem Pflaster im Rhythmus der Musik, die aus der nahen Bar herüberklang.

Er blieb stehen und sie sah ihn an, fragte, was er habe, er antwortete nicht, blickte einen Augenblick stumm und versunken zum Fluss, betrachtete den Himmel, der sich im schwarzen Wasser jenseits des Schilfs spiegelte, und die Sterne, die an der Oberfläche schwammen. Sie drückte seine Hand fester, er wandte sich um, sah sie an und ließ sie eine Pirouette vollführen.

Sie lachten, dann zündete sie sich eine Zigarette an, Ettore betrachtete ihr Profil im Licht des Feuerzeugs, noch nie war sie so schön, dachte er und sagte ihr, sie müsse zu rauchen aufhören.

Der von der Zigarette zwischen ihren Fingern aufsteigende Rauch mischte sich mit den herumschwirrenden Mücken und dem Duft nach Zitronengras der Rauchspiralen, die angezündet wurden, um die Schnaken zu vertreiben. Sie ließ die Zigarette auf den Boden fallen und sagte, einverstanden, und nach einer Pause, sonst noch etwas?

Und er, arrogant, sagte, ja, heirate mich.

Ernst trat sie ganz nah an ihn heran, strich ihm übers Gesicht, stellte sich auf die Zehenspitzen, um ihn zu küssen, und es war ein langer Kuss, bei dem sie ihre Finger in die Gürtelschlaufen seiner Jeans schob, um ihn fester an sich zu drücken, um seine Erregung zu spüren, ein Kuss, den sie unterbrach, um zu sagen, rasiere dir ja nie den Schnauzbart ab.

Das Auto kommt ihm leer vor, andauernd schaut er in den Rückspiegel und erschrickt, braucht eine Sekunde, bis ihm wieder einfällt, dass Pietro bei den Großeltern geblieben und er jetzt allein ist, zwei Tage allein.

Er überlegt, ob er umkehren, Pietro holen, ihn mit nach Hause nehmen soll, atmet tief, umklammert das Lenkrad, die Gangschaltung, lauscht der Stille und dem Wind, der durchs Fenster hereinweht, dem Land, das ihm fremd vorkommt.

Er fährt an den Straßenrand, schaltet die Warnblinkanlage ein, steigt aus und geht an der Böschung des kleinen Kanals entlang, setzt sich auf das verdorrte Gras, während eine Wolke die Sonne verdunkelt und Felder und Schuppen eine unnatürliche Farbe annehmen: Die Nuance des Korns verändert sich, ganz gelb sieht es aus, und alles scheint grün zu sein.

Sie fehlt ihm, das Radikale an ihr, dass sie nie zweifelt, ihm fehlt, sie im Haus zu haben, ihr Lachen zu hören, die seltenen Male, die sie sich dazu hinreißen ließ, war es wundervoll, denkt er. Ihre Hände fehlen ihm, wie sie sonntags früh um sieben das Haus putzte, es fehlt ihm, vom Brummen des Staubsaugers geweckt zu werden, sie unter der Dusche singen zu hören.

Endlich beschließt er aufzustehen, betrachtet die flache, bedrückende Weite, den Dunst, in dem der Horizont verschwimmt, das flüssige Flimmern des Sommers am Ende des Blicks, seufzt, steigt ins Auto und fährt wieder los, biegt links ab in die gewohnte Straße. Draußen vor dem Fenster Maisfelder, wogend, wie von unsichtbarer Hand gestreichelt, von einem unverhofft sanften, zärtlichen Wind gewiegt, ein gelbes Meer, wie Wellen in der Brandung.

Zu Hause lauscht er der Stille in den Gängen, in den Zimmern, setzt sich aufs Sofa, steht auf und geht auf den Gang, steigt die Treppe hinauf und setzt sich unter die Falltür zum Speicher, fragt sich, ob er bereit ist, ob er es wirklich will, wartet die Antwort nicht ab.

Wieder steht er auf, öffnet die Falltür, zieht die hölzerne Leiter herunter, die sein Vater gebaut hat, sieht, wie sie den Boden berührt, steigt hinauf und schaut sich um. Verstaubte Schränke, Geräusche von Tieren, die erschrocken forthuschen, Mäuseschatten, die in dunklen Ecken verschwinden, Spinnennetze, die von den Deckenbalken hängen.

Er erinnert sich an seine Kindheit, als es diesen Dachboden noch nicht gab, als er vom Bett aus die Dachziegel sah, und erinnert sich an die Löcher zwischen den Ziegeln, daran, wie er vor dem Einschlafen im Liegen die Sterne betrachtete.

Er öffnet die Schränke, die voll sind, öffnet einige Truhen, die leer sind, nimmt die Kleider seiner Mutter und die seines Vaters, stopft alles in diese riesigen Holzkisten, ohne sie zu säubern oder auszuwischen.

Als der Staub ihn in den Nasenlöchern kitzelt, niest er, schwitzt und schnauft, hält aber nicht inne, sondern macht weiter, steigt die Treppe wieder hinunter und ist in ihrem

Schlafzimmer, das jetzt nur noch seines ist. Er öffnet den Schrank, den er nie öffnet, den, der ihre Kleider enthält, da hängen sie noch, die Sachen, die sie nie angezogen hat.

Er nimmt sie von den Bügeln, als wären sie lebendig, als könnten sie ihm etwas antun, verlegen sammelt er sie ein, schüttelt ab und zu den Kopf bei der Erinnerung, wie diese oder jene Hose gekauft wurde, an die Diskussionen, wenn er sagte, die wirst du nie tragen, so wie sie auch nie dieses gelbe T-Shirt, den Pullover mit Herzmuster und die Leopardenjacke getragen hat.

Auf dem Bett faltet er alles zusammen, sortiert es sorgfältig, Kleider zu Kleidern, T-Shirts zu T-Shirts, Hosen zu Hosen, und beschließt, die Stapel so zwischen den Händen hinaufzutragen. Zuerst nimmt er die T-Shirts, versucht, den Atem anzuhalten, dann schnuppert er daran und riecht noch den Duft, was in den zwei Monaten noch davon übrig ist, er weiß nicht, ob es real ist oder verstärkt durch die Ferne, durch die Erinnerungen, die vor seinen Augen auftauchen: die Ferien am Meer, die Ferien im Gebirge, die Momente, in denen er ihr zusah, wie sie im Hauskleid kochte, diese Momente, in denen sie ungeschminkt war, zerzaust, unbesorgt um ihr Äußeres, um ihre Schönheit, in denen sie sich schwach und ohne Maske zeigen konnte.

Er legt die T-Shirts in den Schrank, ohne sie abzudecken, ohne sich darum zu kümmern, sie vor dem Staub, den Motten, den Insekten, den Spinnen zu schützen, dann eilt er wieder hinunter ins Schlafzimmer, holt den Rest, der noch auf dem Bett liegt. Er beschließt, auch die Kleider nicht aufzuhängen, wirft sie achtlos hinein, wie Lumpen.

Er weiß, dass ihm der schwierigste Teil noch bevorsteht.

Er sucht einen Karton, geht damit durchs Haus und sammelt ein, was er findet, Fotos, das Hochzeitsalbum, Bilder, auf denen sie zusammen zu sehen sind, die andere geknipst haben, er hat nie fotografiert und sie auch nicht. Im Bad nimmt er ihre Zahnbürste, ihre Parfüms, ihre Cremes, wirft alles dazu, macht noch einen Rundgang, um sicher zu sein, dass er nichts vergessen hat, steigt wieder auf den Speicher und knallt auch den Karton in den Schrank. Er schließt die Schranktüren und würde jetzt am liebsten das Schloss verschweißen, damit es nie mehr aufgeht, damit er nie mehr in Versuchung kommt, sich nicht lächerlich macht.

Er fühlt sich leer, kraftlos, erschöpft, das Haus wirkt jetzt größer, er ist aufgeregt, während er das T-Shirt und die Hose auszieht, die Augen fallen ihm zu, er legt sich aufs Bett, rückt sich bequem zurecht, um einzuschlafen, schiebt die Hände unter das Kopfkissen, berührt mit den Fingern das Nachthemd, das sie anhatte, als sie zum letzten Mal zusammen hier geschlafen haben. Während er sich dem Schlaf überlässt, fühlt er sich wie ein Feigling, der so tut, als hätte er sein Leben wieder in die Hand genommen.

Er steht mit ihr auf der Holzbrücke, die er an dem Tag überquert hat, als er die Bären gesehen hat, sie stützen die Ellbogen auf das Geländer, betrachten den Wildbach, der sich in einen Wasserfall verwandelt, lauschen dem Tosen des Wassers, das dort unten aufprallt. Das Wetter ist schön, die Sonne leuchtet und der Himmel ist kobaltblau, sie dreht sich zu den Bergen um, sagt, dass sie für immer hierbleiben möchte, dass sie ein Zelt aufstellen könnten, sich von Beeren ernähren könnten, und er könnte auf die Jagd gehen.

Ettore hört ihr gar nicht zu, er sieht sie vor allem an, sieht sie an und staunt, wie viel jünger und entspannt sie wirkt. Sie hat eine Gänsehaut, Ettore sieht, wie sie immer noch lächelnd die Lippen aufeinanderpresst, als machte ihr diese Kälte nichts aus.

Schau, wie schön, sagt sie und zeigt auf die Tiere weiter vorne. Ettore küsst sie auf die Wange, legt ihr eine Decke um die Schultern, die er auf einmal wer weiß woher in der Hand hat, sie dreht sich endlich um, ihre Augen sind seltsam, tief, es wirkt, als flimmerte hinter dem gewohnten Schwarz etwas Neues, anderes. Als ihre Münder sich einander nähern und dann berühren, umfasst sie Ettores Gesicht, zieht ihn an sich, öffnet die Lippen und legt den Kopf schief, liebkost seine Nase mit ihrer, ihre Zungen umschlingen einander und ihre Hände beginnen, die Teile zu streicheln, die sie erreichen können. Es riecht nach Wald, nach Gras und den Blättern rundherum, nach Moos, dem Wasser des Wildbachs und den am Boden spielenden Bären, die sie anschauen.

Die Hupe weckt ihn und hupt weiter und weiter. Ettore steht vom Bett auf, geht den Flur entlang zur Treppe, es hupt immer noch, während er hinuntergeht und die Türe öffnet, es hupt, während er in den Hof tritt, wo der Lastwagen die sinkende Sonne verdeckt.

James sitzt wartend in der Führerkabine, das Fenster heruntergekurbelt, er ist immer gut gelaunt, wenn er ihn besuchen kommt, Ettore weiß nicht, ob es ein Versuch ist, ihn aufzumuntern.

Er hört das Dröhnen des Lastwagens, der mit laufendem Motor dasteht, die Steine im Hof zittern, der Gehweg bebt, er fühlt die Wärme der Sonne an den Fußsohlen, er ist barfuß und es ist ein angenehmes Gefühl. Er begrüßt Iames, sagt, hey, entschuldige, ich habe geschlafen.

Sein Freund fragt ihn, wo er abladen solle, er antwortet, an der üblichen Stelle, dann schaut er zu, wie Iames im Hof rangiert, mit welcher Feinfühligkeit er diesen Riesenlaster bändigt, das leise *bip*, als sich die Ladefläche hinten langsam hebt. Er sieht, wie der Staub aufwirbelt, als der Mais auf den zementierten Platz neben der Garage rieselt und sich ein ungleichmäßiger Körnerberg bildet. Er reibt sich die Augen, um den letzten Rest Schlaf zu vertreiben, geht hinters Haus, holt die Schaufel, den Besen, legt sie sich über die Schulter und wartet, bis Iames fertig ist, das Geräusch verstummt und die Kopfschmerzen abnehmen.

Als der Laster etwas vorfährt, sammelt Ettore, während sein Freund aus der Kabine steigt und sich über die gegelten Haare streicht, mit der Schaufel den Mais ein, der rundherum verstreut ist, bringt den Berg in eine ordentliche Form, und als Iames sich unbekümmert auf das Korbsofa setzt, ohne die Spinnweben abzuwischen, greift er zum Besen und kehrt die übrigen Körner zusammen, wodurch Zementstaub aufwirbelt.

Als er eine Atempause macht, stützt er den Ellbogen auf den Besen und sieht zu, wie Iames lächelnd ein Päckchen Zigaretten aus der Tasche seiner bis zum Knie aufgekrempelten Arbeitshose holt und die Plastiksandalen abstreift. Er beobachtet, wie sein Freund mit den Zähnen eine Zigarette herauszieht, sie immer noch lächelnd anzündet, während die Geräusche der Tiere im Hof wieder normal hörbar werden.

Iames pustet den Zigarettenrauch zum Blätterdach über seinem Kopf hinauf, verjagt ein Huhn, das ein neben seinen Füßen liegen gebliebenes Korn aufpickt, und fragt, wo Pietro sei.

Er ist bei den Großeltern.

Macht ihr kein Geburtstagsfest?

Wir haben zusammen zu Mittag gegessen, ich habe ihn dagelassen, er schläft bei Oma und Opa.

Wirklich?

Wo ist das Problem?

Nein, kein Problem, aber es ist das erste Mal.

…

…

Was willst du?

Nichts. Heute Abend gehen wir aus.

Ettore erinnert sich nicht, wann er zum letzten Mal ausgegangen ist, er erinnert sich auch nicht, wie man sich herrichtet, wie man sich anzieht, wie man sich verhält, wenn man dort ist, er erinnert sich an nichts.

Er kocht sich etwas, die Stille im Haus ist befremdlich, er hat den Tisch für sich gedeckt, das wollte er gar nicht, er wollte auf dem Sofa essen, den Fernseher einschalten, die Nachrichten sehen, irgendwas, Programme, die er noch nie gesehen hat, da sie beim Abendessen nicht fernsehen wollte, um zu reden, hatte sie zu ihm gesagt, und redete nie.

Seit Pietros Geburt, seit sie zu dritt waren und nicht mehr zu zweit, wurde alles, ihr Essen, ihr Kauen, die Geräusche von draußen, die durch die erst geöffneten, dann geschlossenen Fenster hereindrangen, die wattierte Stille im Winter und das Prasseln des Feuers im Kamin, vom andauernden, unaufhaltsamen Weinen ihres Kindes unterbrochen, das eigentlich in der Wiege neben dem Tisch hätte schlafen sollen.

Sie aßen hastig, stopften sich mit Schnellgerichten voll, kurz gebratene Steaks, halb rohe Pasta, Fertigsoßen und rohes Gemüse. Er starrte auf den Teller, der sich leerte, das Messer, das zerschnitt, die Gabel, die die Bissen aufspießte, und kaum war er fertig, erhob er sich, nahm den immer noch weinenden Pietro auf den Arm, drückte ihn an sich und wiegte ihn, manchmal sang er dabei und betrachtete ihren über den Tisch gebeugten Rücken, der sich im Rhythmus eines hektischen Atems hob und senkte, sah zu, wie sie abräumte, die klappernden Teller, die Gläser und das Besteck ins Spülbecken knallte.

Ich mach das schon, sagte er zu ihr, ruh dich aus.

Sie würdigte ihn keines Blickes, stellte sich schweigend ans Becken, drehte den Hahn auf, ließ das Wasser laufen, bis es kochend heiß war, blieb stehen, bis der Dampf ihr Gesicht einhüllte, und wusch das Geschirr mit bloßen Händen unter diesem kochenden Wasser, wortlos und gelassen.

Einmal war es passiert, nach einem Abendessen, das ruhig verlaufen war, da Pietro beschlossen hatte, dass es ihm gut geht, und er ihre Mahlzeit mit leisem Schnarchen begleitet hatte. Wie gewöhnlich hatten sie ohne ein Wort zu Ende gegessen, sie hatte sich auf dem Stuhl zurückgelehnt und seufzend ihre Haare zu einem Pferdeschwanz zusammengefasst, und sie hatten sich angeschaut, während das Feuer im Kamin knisterte, umgeben vom Duft nach verbranntem Holz.

Auf einen Zug hatte Ettore das letzte Glas Wein ausgetrunken und überlegt, was er ihr sagen könnte, hatte an die Tage gedacht, an denen er sie weit weg empfunden hatte, distanziert, kalt, in sich gekehrt.

Er hatte ihr gesagt, wie schön sie sei, sie hatte nichts erwidert, hatte nicht gelächelt, hatte den Zeigefinger auf die Lippen gelegt und zu dem schlafenden Kind hin genickt, wecken wir es nicht, hatte sie geflüstert.

Den Stuhl anhebend, war sie aufgestanden, hatte geräuschlos Gläser und Teller mitgenommen, und er war ihr auf Zehenspitzen in die Küche gefolgt.

Er hatte zugesehen, als sie wie gewöhnlich alles ins Spülbecken geräumt hatte, diesmal ohne Geklapper, ganz zart, als sie das Wasser aufgedreht hatte, und war zu ihr gegangen, hatte die Hand nach ihrem Hals ausgestreckt, um ihn zu streicheln, und sie hatte sich umgewandt, der Dampf der Hitze rundherum hatte begonnen, ihr Gesicht zu röten.

Das Licht der Lampe beleuchtete die Fotos an den Wänden, ihre Familien und ihre Vorfahren, diese unnatürlichen Posen, diese buschigen Schnauzbärte, die dem von Ettore glichen, die dunklen Kleider und die Gesichter ohne Lächeln, die Buben in kurzen Hosen, Ettore als Kind, wie er auf dem Kühler ihres ersten Autos steht, Ettore zwischen den Eltern.

Sie hatte ihn angeschaut, und er hatte sich in ihrem Blick verloren, während sie mit dem Finger auf ihn zeigte, dann hatte sie ihrem Mann die gespreizten Hände auf die Brust gesetzt und nicht nachgegeben, als er versucht hatte, sie zu umarmen, ihr zu sagen, dass alles gut wird. Momente irrealer Stille, als sie ihn mit starrem, stolzem Gesicht weggeschoben und begonnen hatte, ihn zu ohrfeigen, bis er sie an den Handgelenken festhielt und es war, als gäbe es nur noch Wut zwischen ihnen, so als hätte die Frustration alles überrollt.

Ettore hatte sie mit Gewalt herumgedreht, sie hatte die Hände auf das Spülbecken gestützt, er hatte sie am Hals gepackt und gezwungen, sich vorzubeugen, hatte ihr Kleid hochgeschoben, mit der freien Hand ihr Höschen heruntergezogen und seine Hose aufgeknöpft, um gewaltsam in sie einzudringen. Als sie sich auf die Zehenspitzen stellte, weicher wurde und stöhnte, hatte er ganz langsam den Griff gelockert, mit dem er sie an den Haaren festhielt. Sie war ihm entkommen, hatte sich zu ihm umgedreht, ihrem Mann mit immer noch flammendem Blick in die Augen geschaut, sich an ihn geklammert, die Finger, die Nägel in seine Haut gekrallt, ihn geschoben, gezwungen, sich auf den Boden dieser Küche zu legen, die so andere Konturen angenommen hatte als sonst, während sie sich auf ihn setzte, sich auf ihm bewegte, sich einem stummen Orgasmus hingab, ohne zu warten, dass er mit ihr zusammen käme, und dann aufstand, ihn da liegen ließ, wieder ins Wohnzimmer ging, um fertig abzuräumen.

Die Luft ist frisch, obwohl Juli ist, Ettore steckt die Hände in die Taschen und geht los, hört seine Schritte auf dem Kies knirschen im Zirpen der Grillen, die Luft duftet nach wilden Gräsern, der Mond am klaren Himmel ist fast voll, die Straßenlaternen tauchen Fabbrico in ein anheimelndes, gedämpftes, warmes Licht, das nicht stört.

Als er die Bar erreicht, sieht er Bice herauskommen und lächelt, sie ist wie immer sehr geschäftig, hat zwei Plastiktüten in der Hand, solche vom Supermarkt, ihre Frisur ist zerzaust nach der Schicht, ihr Gesicht müde, und in dem gelben Licht, das durch die Glastür fällt, sieht sie älter aus, als sie ist.

Sie bemerkt ihn nicht, bis sie schier mit ihm zusammenstößt. Als sie aufblickt, um sich zu entschuldigen, hält sie wie angewurzelt inne, die Tüten an den herabhängenden Armen, sperrt vor Staunen den Mund auf, aber nur eine Sekunde, dann lächelt sie.

Ettore beugt sich zu ihr herunter und küsst sie auf die Wange, Bice stellt eine der Einkaufstüten auf den Boden, streckt die Hand nach seinem Gesicht aus, dann hält sie inne, die Hand in der Luft.

Beinah hätte ich dich nicht erkannt, sagt sie, immer noch lächelnd, als gäbe es sonst nichts zu tun oder hinzuzufügen; sie hebt die Tüte wieder auf, verabschiedet sich, viel Spaß heute Abend, schön, dich wieder mal hier zu sehen.

Ja, ich probier's, sagt Ettore, bevor er endlich die Bar betritt, den roten Plastikstuhl betrachtend, auf den sich nie jemand setzt.

Zigarettenqualm empfängt ihn, das gleiche Licht wie immer, der Rauch, der die gelben, staubigen Lampen vernebelt, das gleiche Stimmengewirr, die gleichen Flüche, Fäuste, die auf die Tische hauen, an denen Karten gespielt wird, das gleiche Gelächter, das gleiche Bargeschrei, die gleichen Sticheleien, Beleidigungen, Kommentare, die gleiche sperrige Anwesenheit von zu vielen Männern auf zu engem Raum.

Geräusche, die verstummen, als jemand den Kopf zum Eingang dreht, als dieser Jemand seinem Nachbarn die Hand auf den Arm legt und dann mit dem Kinn auf Ettore zeigt. Staunen breitet sich aus, doch die Stille vergeht, als Ettore die Blicke mit einem Lächeln beantwortet, als Iames mit ausgebreiteten Armen auf ihn zukommt und sagt, er sei glücklich, dass Ettore gekommen sei, er habe es nicht erwartet, sondern sei überzeugt gewesen, er würde zu Hause bleiben.

Iames legt ihm die Hand auf den Rücken und begleitet ihn an den Tresen, wo Bices Mann ihm die Hand drückt, sich zum Kühlschrank hinunterbeugt und eine Flasche Lambrusco und drei Gläser hervorholt. Er öffnet die Flasche und füllt die Gläser randvoll mit einem violetten Schaum, der überquillt und über die Glasplatte läuft, prostet Ettore zu, der jetzt ebenfalls sein Glas hebt, Bices Mann anschaut und wortlos seine Geste nachahmt, Prost.

Er klinkt sich in die Gespräche ein, kommentiert das Kartenspiel, beobachtet die zeternden Alten und gibt auch seinen Senf dazu, was die gewohnte angenehme Nervosität hervorruft. Laut hallt es von den Wänden der Bar wider, Leck mich am Arsch, dann Geh doch zum Teufel, alles mit Zuneigung gewürzt, mit Schulterklopfen, mit scherzhaften Fausthieben, Umarmungen, Gläsern und Flaschen, die weitergereicht werden, ein Geben und Nehmen.

Alles mischt sich mit dem Alkohol, der langsam aufsteigt, die Gedanken löst, leichter macht, und alles, die Zigaretten, der Schweiß, der Staub, die Geräusche, die Karten, alles hat jetzt diese leuchtende Aura von Heimat und Wärme.

Ettore trinkt weiter, lächelt, amüsiert sich, verspottet Iames wegen der Brillantine im Haar, wegen der Strähne, die ihm lockig in die Stirn fällt, hört ihm zu, als dann er verspottet wird wegen seiner wirren Haare, seines altmodischen Hemdes, seiner alten Schuhe.

Sie reden über Belanglosigkeiten, sinnloses Zeug, Dorfklatsch, Arbeitsprobleme, die sie nur oberflächlich streifen, über vergangene Freitagabende, Besäufnisse und Freunde, die sich im Morgengrauen auf den Feldern verlaufen, über Bekannte, die im Graben schlafen vor Angst heimzugehen, über Mütter, die der Bar die Tür einrennen, um ihre fünfzigjährigen Söhne nach Hause zu zerren, über deren Gejammer, wenn sie an den Ohren gepackt werden, über ihre Spitznamen. Zuletzt sitzen sie dann mit ausgestreckten Beinen in unflätiger Haltung auf den strohgeflochtenen Holzstühlen, Iames schlägt ihm vor, noch in eine andere Bar außerhalb des Dorfs zu gehen, und er willigt ein.

Die Arme um die Schultern gelegt, marschieren sie los, singen Lieder, die ihre Freundschaft gefestigt haben, italienische Schlager, die sie auswendig kennen, ausländische Schlager, deren Worte sie so verballhornen, dass sie nur noch vage an den Originaltext erinnern; im Licht, das aus den geöffneten Fenstern dringt, tanzen sie die Straßen von Fabbrico entlang. Sie wünschten, sie hätten eine Flasche dabei, die sie unterwegs trinken, von Hand zu Hand gehen lassen könnten.

Ettore hat Schuldgefühle, dass er monatelang weg war, dass er Iames vergessen hat, er ist voller Dankbarkeit, die ihn überwältigt, ein Hund überquert die Straße, aus einem Fenster tönt klassische Musik, mit seinen eleganten Schuhen deutet Iames auf Zehenspitzen ein paar Tanzschritte an, die Schnürsenkel sind offen, er tritt darauf und knallt mit dem Hintern auf den Asphalt. Ettore lacht dröhnend los, während sich jemand mit verschwommenen Gesichtszügen aus dem Fenster beugt, um nachzusehen, was passiert ist, und kopfschüttelnd wieder zurücktritt.

Auch Iames lacht, klammert sich an Ettores Hand, um sich hochziehen zu lassen, jetzt sind beide verstummt und schweigen, es ist, als sei es ein Abend, an dem sie sich Dinge mitgeteilt haben, indem sie einfach voreinander standen, Ettore möchte sich entschuldigen, dann sagt Iames, los, gehen wir, ab jetzt zahlst du.

Sein Freund fährt, Ettore lehnt den Kopf an den Sitz, dreht das Fenster herunter, lässt die Luft einen Moment über sein von Wein und Trunkenheit gerötetes Gesicht streichen, bis Iames eine Kurve zu schwungvoll nimmt, plötzlich bremst und er nach vorn geschleudert wird. Sie lachen beide, mit angstgeweiteten Augen, spüren den Adrenalinschub, den sie als Jungen hatten, den leichtsinnigen Mut dessen, der sich für unsterblich hält.

Jetzt fahren sie langsamer, Ettore hält den Arm hinaus, ohne der Luft Widerstand zu leisten, die ihm durch die Finger streicht und übers Gesicht, während er beobachtet, wie draußen die Landschaft vorbeifliegt, die Bäume und Felder, beleuchtet vom Mond, den Sternen und den in einigen Häusern brennenden Lichtern, als sie an den Straßenlaternen vorbeikommen, tut es ihm leid, er hätte die ganze Nacht auf diesem Sitz verbringen mögen.

Iames hat es eilig, kann es kaum erwarten anzukommen, weil er glaubt, dass es dort Frauen gibt, sagt er. Die Aussicht, mit einer von ihnen zu reden, stört Ettore, doch er sagt nichts und verfolgt schweigend die Aufregung beim Bremsen und Parken im Zentrum von Novellara, in der Nähe der Bar, wo sie hinwollen.

Als der Motor schweigt, hören sie die Musik, sehen die Leute, die sich unter den Bogengängen und auf der Straße drängen, die im Stroboskoplicht funkelnden Gläser, hören Gelächter und Stimmengewirr.

Ettore bleibt kurz stehen, betrachtet den Platz vor ihm, den Palazzo am Ende, die Statue in der Mitte und die Grünanlagen rundherum, die Leute, die Menschen, Männer und Frauen, die sich amüsieren.

Er und Iames werden von der Menge verschluckt, geschoben, sagen Verzeihung, dürfen wir mal durch, lächeln, wenn sie den bloßen Rücken einer der anwesenden Frauen streifen, bahnen sich einen Weg durch den Laubengang, betreten das Lokal durch den Rauch, der es füllt, kämpfen sich durch die drinnen weniger dichte Menge, durch Leute, die sich umarmen und schreien, um sich verständlich zu machen.

Die Musik ist unglaublich laut, hallt verzerrt von den

Wänden. Als sie endlich den Tresen erreichen, als sie beim Bestellen an der Reihe sind, entdeckt Ettore, dass er keine Ahnung hat, was er möchte, Iames beugt sich vor und flüstert, ob alles in Ordnung sei. Er ist bleich, das im Rhythmus der Musik die Farbe wechselnde Licht macht ihn blass und hohlwangig.

Ja, antwortet er, alles in Ordnung, es ist zu heiß, sagt er, bestell du, ich gehe einen Augenblick raus, ich brauche Luft.

Er geht wieder zurück Richtung Piazza, schwitzend hält er sich am Rücken, an den Armen von Leuten fest, die ihn verärgert ansehen, aus seinem Bauch fühlt er den Wein hochsteigen, den er in der Bar getrunken hat.

Er hört manche Leute sagen, hey, pass auf, wie von Weitem und durch die Musik verzerrt, schließlich ist er aus der Menge draußen, allein, die Luft hat nichts von ihrer Frische verloren, und er fühlt sich sofort besser, atmet tief ein, stützt die Hände auf die Knie.

Alles wird langsamer, und Ettore atmet und atmet, verschlingt diese Luft, richtet sich wieder auf, schnauft und lässt mit einem Seufzer heraus, was er alles geschluckt hat, hebt den Blick zum Himmel, zum Mond, den er jetzt nicht sehen kann, verborgen von den Dächern der Häuser rund um die Piazza, diesem Mond, der auf den Ziegeln und den Fernsehantennen glitzert.

Er hebt den Blick zu der Statue und den Anlagen, den Hecken, der Bar gegenüber, auf der anderen Seite, die gerade schließt, zu einem Mädchen, das sich die Knöchel massiert, ihre hochhackigen Schuhe liegen achtlos auf dem Pflaster, zu drei Jungen, die sich nähern, und zu dem in der Mitte mit dem glücklichen Lächeln, das sein Gesicht strahlen lässt.

Ettore erkennt ihn, er hat ihn einmal gesehen, auf dem Heimweg von der Bar hat er ihn im Auto auf der Straße stehen sehen, hat gesehen, wie er mit ihr sprach, während sie sich zum Fenster beugte, hat gesehen, wie sie lächelte, wie sie sich umschaute, ob sie auch niemand sah.

Er rennt jetzt, rennt auf die drei Jungen zu, spürt, wie sich die Übelkeit in Wut verwandelt, als er ihn am Hals packt, als sie zusammen umfallen, einer auf den anderen, als ihm bewusst wird, dass er auf der Brust des Jungen sitzt und anfängt, dieses schöne, junge Gesicht mit Fäusten zu traktieren.

Er begreift, dass er nur eines will, nämlich jede Spur von Glück und Schönheit aus diesen Gesichtszügen tilgen.

Er schafft es nicht, ihn wirklich zu verprügeln, jemand hält ihn an den Armen fest und schleift ihn weg, auf den Gehsteig, vor den Augen der gaffenden Menge, er nimmt es nicht wahr, nimmt nur wahr, dass der Junge vom Boden aufsteht. Er sieht, wie er sich lächelnd nähert, und stellt sich vor, wie er sie küsst, auf die Schultern, auf den Bauch küsst, wie der Junge mit seiner Frau schläft, wie sie eng umschlungen schwitzen und sich liebkosen.

Ettore steht auf, und jetzt stehen sie voreinander, regungslos, sag mir, wo sie ist, sagt er, sag es mir, wo ist sie, sag mir warum.

Er schaut den Jungen an, der nicht mehr lächelt, der antwortet, ich weiß es nicht, ich weiß nicht, wo sie ist.

Vor dem Haus, wieder etwas gefestigt, so scheint es ihm jedenfalls, nachdem Iames es geschafft hat, ihn ausfindig zu machen und hierherzubringen, mustert Ettore die bröckelnden Mauern, den rissigen Putz, die Eingangstür und die Garage.

Er erinnert sich, wie sie davon träumten, das Haus frisch zu streichen, wie sie diskutierten, welche Farbe am besten wäre.

Ich will keine Pastellfarbe, sagte er.

Sie lachte und erwiderte, seine Meinung zähle nicht, sie würden es so machen, wie sie wolle.

Es wäre schön, eine Pergola anzubauen, einen Baldachin im Freien, wo wir uns im Sommer hinlegen könnten, etwas trinken, uns ab und zu besaufen und bei Sonnenaufgang aufwachen, ohne überhaupt zu merken, dass wir eingeschlafen waren, es wäre schön, nur wir zwei zu sein, für immer.

Als er die Tür öffnet, weiß er, was er tun muss, er steigt die Treppe ins Obergeschoss hinauf, geht, ohne Licht zu machen, ins Schlafzimmer, bleibt vor dem ungemachten Bett stehen, während das Mondlicht, das durchs Fenster hereinfällt, seine Bewegungen verlangsamt, als er das Kopfkissen hebt, das Nachthemd nimmt und es mit der Faust umklammert, so fest, dass seine Fingerknöchel schmerzen.

Er hält es fest, während er in die Dunkelheit des Gartens hinausgeht, in die Stille der schlafenden Tiere, ins Blinken der Glühwürmchen, in den Duft nach Blumen und Wiese.

Auch als er mit der anderen Hand einen Blechkanister aus dem Schuppen holt und eine Tonne in die Mitte des Gartens schleppt, lässt er die Faust geschlossen. Dann öffnet er sie, lässt das Nachthemd fallen, sieht, wie es sich auf dem schwarzen Boden der Tonne in einen hellen Fleck verwandelt, gießt Benzin darüber, lässt das Streichholz fallen, das beim Anreißen die Stille der Nacht rundum durchbricht.

Er bleibt vor dem Feuer stehen und betrachtet es, bis die Flamme verlöscht, bis nur noch der Rauch übrig ist, der aufsteigt und verweht, dann geht er wieder ins Haus, geht ins Bad, öffnet das Schränkchen über dem Waschbecken, nimmt den Rasierschaum, mustert sich im Spiegel und sprüht mit langsamen Bewegungen in aller Ruhe sein Gesicht ein.

Er greift zur Rasierklinge, und als er fertig ist, trocknet er sich das Gesicht ab und betrachtet sich erneut im Spiegel, erkennt endlich sein Gesicht ohne Schnauzbart wieder.

# VIER

IM HOF IST ES KALT, Pietro spürt auf seinen Backen die Feuchtigkeit des Nebels, der sich sacht über alles senkt und alles bedeckt, alles grau macht, den Himmel, den Asphalt, die Wände der Häuser, die gelben Blätter an den Bäumen, der die herbstlichen Schattierungen verwischt, Bedeutung weggenimmt. Der Temperatursprung hat sein Gesicht zart rot gefärbt, seine Lippen jucken, er hätte gern eine Lippenpomade.

Du hast ganz rissige Lippen, hatte die Lehrerin in der Schule während der Pause zu ihm gesagt. Eine Mutter sieht so etwas, hatte sie gesagt.

Er läuft über den Asphalt, der Nebel gefällt ihm, es gefällt ihm, dass alles versteckt ist, dass hinter dieser grauen Mauer alles geschehen kann, er stellt sich vor, er sei ein Entdecker, ein Astronaut und sei auf einem Planeten gelandet, der nur aus Zement besteht, dann wieder, er sei von Dinosauriern umzingelt, sei auf der Flucht und renne um sein Leben, müsse sich vor Vampiren verstecken, die herumschleichen, obwohl es Tag ist.

Er mustert die riesige Werkstatthalle. Der Himmel hat das Dach verschluckt und reicht fast bis zum Eingangstor, das verschlossen ist, die Stille, die ihn umgibt, macht alles noch geheimnisvoller.

Er nimmt eine Schaufel, die an der Mauer lehnt, beginnt

einen Schützengraben auszuheben und macht mit dem Mund die Geräusche der Geschosse, die an ihm vorbeipfeifen, die Feinde an der anderen Front schreien in einer fremden Sprache herum, sie werden uns niemals kriegen, wir kämpfen bis zum Tod, sagt er sich immer wieder, während er weiterschaufelt in der Vorstellung, er bewache ein Lager, in dem die kriegsentscheidende Waffe untergebracht ist.

Nur Mut, sagt er sich, während er schwitzend weiter kleine Erdschollen hochhebt und sich den Schweiß trocknet, da er sich nicht traut, seine Jacke auszuziehen; schnell, schnell, feuert er sich an, indem er sich die Befehle eines Generals vorstellt, der vor der Grausamkeit der Schlacht nicht zurückschreckt.

Er gräbt weiter, bis er spürt, dass die Spitze der Schaufel auf etwas Hartes stößt, er hört, dass es unter dem Stoß zerbricht, den er der herbsttrockenen Erde versetzt, es sieht aus wie ein Zweig, ist aber heller, er bückt sich, um es aufzuheben, säubert es, indem er es erst abpustet, dann mit den Fingernägeln die Erde abkratzt, die an diesem Knochen klebt.

Ein Schauder läuft ihm über den Rücken, er spürt, wie sich der Schweiß der Anstrengung in etwas anderes verwandelt.

Als er den Knochen fertig gesäubert hat, setzt er sich und betrachtet das gegrabene Loch, er hört die Stimme seines Vaters, der ihn ruft, und denkt, was für ein Glück, dass er hier sitzt, hinter der Werkstatt versteckt, jetzt schwitzt er und hat Angst, während er den Knochen in die Tasche steckt.

Erneut hört er seinen Vater rufen, lauter.

Ich komme, antwortet er.

Beeil dich, das Frühstück ist fertig, sagt sein Vater zu ihm.

Vorsichtig steigt er die Treppe hinauf, stützt sich mit einer Hand an der Wand ab, atmet tief, widersteht dem Impuls loszulaufen, sein Magen knurrt vor Hunger.

Er riecht den Geruch der Werkstatt, der an den von irgendjemandem an die Mauer geklebten Fliesen, am Fußboden, an den Stufen zu haften scheint, ein Geruch, der sich nicht vertreiben lässt, obwohl sie es auf jede Weise probiert haben.

Er erinnert sich daran, wie er sich das Frühstück einmal allein zubereitet hatte, wie er vor dem Herd auf einen Stuhl geklettert und darauf stehen geblieben war, bis er gesehen hatte, wie sich auf der Milch diese Haut bildete, die er nicht mochte. Er hatte sie mit dem Löffelchen abgeschöpft und sich mit der Tasse in den Händen aufs Sofa vor den ohne Ton laufenden Fernseher gesetzt.

Nach einer Weile, als er schon ausgetrunken hatte, war sein Vater erschienen. Im Fernsehen lief ein Film über einen, der einen anderen umgebracht hatte und gerade von einem elegant gekleideten Mann verhört wurde. Pietro sah zu, ohne diese flimmernde Bilderflut zu verstehen, sein Vater hatte ihm nicht Guten Morgen gesagt, war in der Küche verschwunden, um sich einen Kaffee zu machen, und hatte sich damit neben ihn gesetzt.

So waren sie sitzen geblieben, hatten schweigend auf den stummen Fernseher gestarrt, bis der Film zu Ende war.

Am folgenden Sonntag, während sein Vater draußen die Treppe putzte, hatte er es wieder gemacht, hatte das Töpfchen mit Milch gefüllt, und als er da auf dem Stuhl stand, um aufzupassen, dass sich keine Haut bildete, war ihm eingefallen, dass er doch auch einen Kaffee aufstellen und seinem Vater bringen könnte, der ihm vielleicht dafür danken würde.

Er mochte diesen Duft im Haus, dieses ihm verbotene, schwarze Getränk, das ihm ins Gesicht dampfte, während er den Flur entlangging, um auf den Treppenabsatz hinauszutreten.

Gebückt schrubbte sein Vater die Stufen, der Schweiß bildete Flecken auf seinem stets weißen T-Shirt, glänzte auf seinen Armen, seinem Gesicht und rann ihm über den Bart, obwohl es früh am Morgen war. Er erinnert sich an die Stille, an den beißenden Geruch der Putzmittel, den Duft des Schaums, den Atem seines Vaters, seinen verdrossenen Ausdruck, die Anstrengung in seinem Blick, den Stolz darauf, sich nützlich zu machen, seinen Vater glücklich zu machen, dessen zerstreute Antwort, als er gesagt hatte, hallo Papa, ich habe dir einen Kaffee gemacht.

Ja, hatte sein Vater erwidert, ohne aufzublicken.

Pietro hatte ihm die Hand auf den Rücken gelegt und gesagt, fast geflüstert, trink ihn, sonst wird er kalt.

Sein Vater hatte geräuschvoll weitergeputzt, ohne sich umzudrehen. Daraufhin hatte Pietro lauter gerufen, die Hand in das T-Shirt gekrallt. Er hatte zugesehen, wie sein Vater sich umwandte, die weit offenen Augen gerötet von den Strömen von säurehaltigen Putzmitteln, hatte gesehen, wie er aufstand und sich aufrichtete, das Licht der Sonne auslöschte, das durch das kleine Fenster über der Tür am Ende der Treppe hereinfiel, sein Gesicht rieb und fragte, ist was?

Ich hab dir einen Kaffee gemacht, hatte Pietro wiederholt.

Im Halbdunkel des Treppenabsatzes hatte er die Augen

niedergeschlagen und seine nackten Füße betrachtet. Er hatte gespürt, wie der Vater suchend umherblickte, dann auf die Tasse starrte, die er noch in der Hand hielt, und dabei den ganzen Größenunterschied auf sich lasten gefühlt, die Spannung, die in dieser Stille zwischen ihnen in der Luft lag, er hatte zu schwitzen angefangen, während die Hände seines Vaters ihn fest an den Schultern packten.

Er hatte gespürt, wie die Hände ihn am Kragen des Pyjamas hochhoben, wie seine Füße sich mit einer Leichtigkeit vom Fußboden lösten, die er nur bei den Superhelden der Comics für möglich gehalten hätte, und die Augen geschlossen, als er seinen Vater sagen hörte, sieh mich an.

Er hatte gehorcht und den wütenden Gesichtsausdruck gesehen, die Hände beinah um seinen Hals.

Mach das nie wieder, hatte der Vater zu ihm gesagt und ihn an die kahle Mauer des umlaufenden Balkons gedrückt, wobei ihm die Tasse aus der Hand fiel, zerbrach und der schwarze Kaffee überallhin spritzte. Mach das nie wieder, hatte er wiederholt und ihn mühelos halbhoch in der Schwebe gehalten.

Es ist gefährlich, hatte er gesagt, bevor er ihn losließ, bevor Pietro reglos da an der Mauer stand, während sein Vater in die Wohnung zurückging mit den Worten, jetzt mach sauber.

Pietro hatte sich nicht gerührt, bis die Tür zuknallte und ihn aus der Angst aufweckte, dass sein Vater ihn nie mehr hineinlassen würde, bis er kalte Füße bekam auf dem falschen Marmor, aus dem die Treppe bestand. Er hatte sich hingekniet, den Schwamm aus der Schüssel mit dem schon schmutzigen Wasser genommen, ihn ausgedrückt und begonnen, den Kaffee von den Stufen und von den Fliesen zu wischen, die die Wand bedeckten. Vorsichtig hatte er die größeren Keramiksplitter aufgesammelt, er wollte sich nicht schneiden, nicht wegen des Schmerzes, sondern um seinen Vater nicht bitten zu müssen, ihm ein Pflaster darauf zu kleben, denn er fürchtete, dass sein Vater es nicht tun und zu ihm sagen würde, schau, wie du zurechtkommst. Als er fertig war, hatte er in der Luft geschnuppert, der Kaffeeduft war fast verflogen, der Geruch der Putzmittel schwächer geworden, aber der Werkstattgeruch war noch da, allgegenwärtig.

Er wollte auch gar nicht, dass er wegging, denn das war der Geruch seines Vaters, und er wollte genauso riechen, wenn er groß war.

Ettore wartet auf der Schwelle, die Hände in die Seiten gestemmt, los, komm, sagt er zu ihm, wir müssen gehen, ich habe eine Überraschung für dich, sagt er, aber vorher musst du frühstücken und deine Spielsachen aufräumen.

Pietro trinkt die Milch, die schon auf dem Tisch bereitsteht, isst die Kekse, die sein Vater so auf dem Teller angeordnet hat, dass sie einem lächelnden Gesicht gleichen, und sieht dabei zu, wie er die Kleider aufhängt, das Geschirr vom Vorabend abspült, hört, wie er leise vor sich hin pfeift.

Als Pietro abräumt, als er ihm die leere Tasse und den Teller bringt, beugt Ettore sich hinunter, um sich zu bedanken, ihn auf die Haare zu küssen und mit Spülwasser ein bisschen vollzuspritzen.

Pietro zieht sich die Schuhe und die Jacke an, trällert die Erkennungsmelodie seines liebsten Trickfilms, wartet vor der Tür auf seinen Vater, ungeduldig, verstummt vor dem, was ihm wie eine unmenschliche Langsamkeit vorkommt, der Langsamkeit, mit der sein Vater sich die Stiefel zuschnürt.

Ungern setzt er die Mütze auf, es gefällt ihm, die Kälte an den Ohren und am Kopf zu spüren. Doch an diesem Sonntag freut er sich, als sein Vater sie ihm bis über die Augen, bis über den Mund zieht und zu ihm sagt, so erkältest du dich bestimmt nicht, komm, wir gehen.

Der Nebel hat sich wirklich verzogen, zartgelb färbt das Licht der Sonne die grauen Wolken, die das Blau des Himmels an diesem Morgen verbergen.

Pietro klettert in die Ape, es gefällt ihm, in dem engen Gehäuse so dicht neben seinem Vater zu sitzen, vom Röhren des Motors zum Schweigen gezwungen, die Stirn am Fenster, um hinauszuschauen, im Rücken den Ellbogen seines Vaters, der das Steuer hält.

Sie fahren durch Straßen, die er kennt, vorbei an Wohnhäusern, am Fußballplatz, an der riesigen Traktorenfabrik, über die Piazza, und er betrachtet die Leute, die aus der Messe kommen, entdeckt ein paar elegant gekleidete Klassenkameraden, hebt die Hand und winkt zum Gruß, ohne dass sie ihn bemerken. Dann fahren sie durch Straßen, die Pietro noch nie gesehen hat, aus dem Dorf hinaus, vor ihm liegt die Landschaft, diese endlose Ebene, die sein Vater hasst, die gepflügten Felder, die unscharfen Umrisse von Bäumen und Häusern und ganz hinten der Horizont, verborgen von einem grauen Dunstschleier.

Schwungvoll nehmen sie die Kurven, sein Vater hat es offenbar eilig, es gefällt Pietro, wenn die Ape unter ihm kippelt, das Gefühl, von der Erde abzuheben, und das Kribbeln im Bauch, wenn es scheint, als würden sie sich gleich überschlagen. Sie kommen an Kanälen vorbei, in denen Wasser steht, an einer üppig grünen Wiese, einem Feld, an dem sein Vater anhält, mitten im Nirgendwo.

Sind wir da?

Nein, aber ich will dir etwas zeigen.

Sie steigen aus, die Stille ist beeindruckend. Ettore legt seinen Finger auf die Lippen, als Pietro weiterfragen will, nimmt ihn auf den Arm, hebt ihn hoch und setzt ihn sich auf die Schultern, man hört nur das Rascheln ihrer Kleidung, nur das und das Geräusch ihres Atems.

Von dort oben kann Pietro das grüne Gras sehen, das auf dem Feld wuchert, die Ebene, die Bäume, ganz hinten Fabbrico, er weiß, dass im Sommer hier überall Sonnenblumen wachsen, fühlt den festen Griff seines Vaters um die Fußgelenke, streicht ihm über die Wangen, fühlt den harten Bart und hat in dem Moment eine unbändige Lust, erwachsen zu werden.

Er erschrickt ein bisschen, als er seinen Vater vor diesem unermesslichen Panorama applaudieren hört, ein Beifall, der die Stille beleidigt, die sie umgibt, er hört, wie er vier Mal laut in die Hände klatscht, nichts geschieht, er klatscht noch lauter und fordert Pietro auf, auch zu klatschen, bis schließlich aus dem Grasmeer vor ihnen ein Fasan auffliegt, bis der Dunst einen Sonnenstrahl durchlässt, der auf den grün schimmernden Federn des Vogels aufleuchtet, auf dem Rot der Augen, bis die Ebene ihre vollen, dichten Farben wiedererlangt, das Braun der Erde, das Grün des Grases und der Schattierungen, die den Fasan verschlucken am Ende seines kurzen, plumpen Flugs.

Hast du gesehen?

Ja.

Hast du gesehen, wie schön?

Ja.

Das Haus, in das sie hineingehen, ist nicht weit weg, es ist ein altes Haus so wie das, in dem er geboren wurde und das sie jetzt abgerissen haben. An einem dicken Baumstumpf mitten auf der Tenne, gegenüber von einem verfallenen Stall, ist ein dösender Hund angekettet, die Schnauze auf die Vorderpfoten gelegt.

Sein Vater hupt, dann sagt er, Pietro solle aussteigen. Der Hund hebt nicht den Kopf, er rührt sich nicht, und Pietro denkt, was für ein schlechter Wachhund.

Dann sieht er einen Schatten, der aus dem Stall huscht und vorbeisaust, um hinter einem Gebüsch zu verschwinden, hört das schrille Gackern einer Henne und fühlt ihren Schrecken. Gleich darauf kehrt im Hof wieder Stille ein.

Inzwischen öffnet sich die Haustüre, und ein Mann, der älter ist als sein Vater, kommt ihnen entgegen, eine halb erloschene Zigarre im Mund. Pietro schaut ihn nicht an, bleibt weiter auf den Busch konzentriert, auf den Welpen, der mit der Henne im Maul herauskriecht und langsam und noch tapsig auf den an dem Baumstumpf festgemachten Hund zuwankt, um ihm das tote Tier vor die Pfoten zu legen, ein Geschenk für seine Mutter, die dort an der Kette gefangen gehalten wird.

Er beobachtet den Welpen, der sich auf die Hinterbeine setzt, den zufriedenen Ausdruck, als seine Mutter ihn leckt und es aussieht, als würde sie ihn küssen und mit den Pfoten streicheln, lauscht dem misstönenden Freudengebell.

Er hört den Aufschrei des Mannes und das Lachen seines Vaters, das Knirschen der Schritte auf der Tenne, die Beleidigungen, sieht den Welpen flüchten, aufs offene Land, während seine Mutter aufheult und jault, als der Mann sich bückt, um die Henne aufzuheben, und sie an den Krallen hochhält.

Dann beobachtet er die Mutter des Welpen, ihren bedrückten, untröstlichen Ausdruck, liest in ihren Augen die Last des Angekettetseins und möchte einen Moment lang am liebsten auf den Baumstumpf zulaufen, um sie zu befreien, damit sie weglaufen kann.

Sein Vater kehrt mit einer Holzkiste zurück, so einer, wie man sie bei der Obsternte braucht, hat ein Seil und einen Stock auf der Schulter. Pietro hört seine Schritte und dreht sich um, sieht, wie er näher kommt, mit gesenktem Blick und einem verschmitzten Lächeln auf dem Gesicht, er scheint sich zu freuen.

In der anderen Hand hält er ein Stück rohes Fleisch, Pietro hat nichts mitgekriegt, er hat nicht gesehen, wie sie ins Haus gegangen sind, kein Wort ist an sein Ohr gedrungen, sein Blick ist starr auf den Hund gerichtet, auf diese gefangene, angekettete Mutter, auf den Himmel, der allmählich seine Farbe offenbart.

Auf dem Gras gehen sie am Feldrand entlang, Pietro gehorcht, als sein Vater sagt, er solle stehen bleiben. Noch ist es kalt, obwohl jetzt überall auf dem Land die Sonne funkelt. Hinter ihnen heult die Mutter des Welpen.

Regungslos schaut er zu, wie sein Vater die Schnur an dem Stock befestigt, auf den er dann den einen Rand der Kiste so aufstützt, dass sie ziemlich schräg steht, damit der Welpe in diese improvisierte Falle hineintappen kann.

Er schaut zu, wie sein Vater langsam rückwärtsgehend die Schnur vorsichtig abrollt, nähert sich, schaut ihn an, während der Vater immer noch vergnügt lächelnd zu ihm sagt, verstecken wir uns.

Sie ducken sich hinter einen kahlen Baum, hinter den großen, knotigen Stamm, lehnen sich an das Moos, das auf der Seite wächst, wo die Sonne nicht hinkommt, dort ist es noch kälter und ihr Atem bildet kleine Wölkchen.

Er hat keine Handschuhe, friert an den Fingern, fühlt, dass die Haut spannt, die Wunden wieder aufgehen, steckt die Hände in die Taschen und sagt nichts zu seinem Vater, der jetzt vor ihm kniet, auf Augenhöhe, und ihn feierlich ansieht.

Wenn der Welpe kommt, um das Fleisch zu fressen, sagt der Vater, ziehe ich an der Schnur, und du musst hinlaufen und dich auf die Holzkiste setzen, damit er nicht weglaufen kann, schaffst du das?

Pietro sagt nichts, er ist sich gar nicht sicher, er wird alles vermasseln, der Welpe wird weglaufen, es wird ihnen nicht gelingen, ihn heimzubringen, und er wird daran schuld sein.

Er presst die Lippen aufeinander, will mutig wirken, sagt,

er schafft es, in den Taschen ballen sich seine Hände zu Fäusten.

Sie setzen sich und warten, die Zeit vergeht langsam, während die Sonne am Himmel höher steigt, sie haben sie jetzt vor sich, hinter ihnen werden die Schatten ihrer Körper länger, es wirkt, als seien sie gleich groß.

Pietro starrt weiter vor sich hin, ohne sich über das Licht zu beklagen, das ihn blendet, er hält sich die Hand über die Stirn, ab und zu wechselt er sie, weil ihm die Armmuskeln wehtun, doch er sagt nichts, seine Beine sind eingeschlafen und schmerzen, er fragt sich, ob er überhaupt rennen kann, ob er es bis zu der Kiste da hinten schaffen wird.

Langsam und still beschließt er, sich hinzuknien, man hört nur das Rascheln der Kleidung, der dicken Jacke und wie sie beide atmen.

Er sieht als Erster die Bewegung mitten im Gras, zeigt mit dem Finger und sagt, da.

Der Welpe bewegt sich mit gestrecktem Rücken, den Bauch am Boden, die Schnauze schnuppernd in der klaren Luft, tapsig und unkoordiniert, ein Kind, das versucht, sich wie ein Erwachsener zu verhalten.

Pietro hört seinen Vater fragen, ob er bereit sei loszulaufen.

Er nickt, hebt die Hand zum Mund und beginnt, an seinen Fingernägeln zu kauen, spielt mit einem Zahn, der ihm gerade wächst, mustert den Welpen, der immer näher kommt, immer ruhiger und langsamer, sprungbereit, um das Stück Fleisch zu ergattern. Pietro will die Mütze abnehmen, er schwitzt und sein Kopf juckt, aber er beherrscht sich und schiebt eine Hand darunter, um sich zu kratzen.

Er hofft, dass alles glattgeht, dass sie es schaffen, den Welpen zu fangen, er sieht, wie das Tier an dem Stock und der daran gebundenen Schnur schnuppert, dann an dem Stück Fleisch, die Schnauze immer näher, die Hinterbeine im Schatten.

Er hört, wie sein Vater an der Schnur zieht und ruft, lauf zu, während die Holzkiste den jaulenden, strampelnden Welpen gefangen hält.

Und Pietro rennt, die Füße rutschen auf der Erde, auf dem Gras, er scheint gleich zu stürzen und fängt sich wieder und läuft weiter, die Arme weit ausgebreitet wie flatternde Flügel. Er hört die in der Mitte des Hofs an dem Baumstumpf angekettete Mutter des Welpen bellen, eine Antwort auf das Jaulen, das die Stille durchbricht. Er läuft und läuft, verliert die Mütze und hält nicht inne, um sie aufzuheben, einen Augenblick lang scheint es, als liefe er zu schnell, als würde er an der Kiste vorbeirennen und nicht rechtzeitig anhalten können.

Schließlich springt er, wirbelt durch die Luft, vollführt eine halbe Drehung um sich selbst und fällt mit dem Hintern auf die Kiste, und dann kippt er nach hinten und knallt mit dem Rücken aufs Gras, während die Kiste sich zu heben und umzukippen scheint. Er sieht den Welpen schon flüchten, die Niederlage, hört auf zu denken und steht unbeholfen wieder auf, schmutzig von Erde und Gras, wirft sich auf die Kiste, legt die Arme darum, der Schwanz des Welpen ist geknickt, das Jaulen wird lauter, während Pietro die Augen geschlossen hält.

Reglos hockt er im Gras und schaut dem Mann und seinem Vater zu, die den Welpen befreien. Er hält sich die Ohren zu, um das Jaulen und Heulen der Mutter nicht zu hören, die springt und an der Kette zerrt, bis sie sich fast erwürgt, dann macht er die Augen zu und wartet, dass alles vorbei ist, dass sein Vater sagt, gehen wir.

Sie setzen den zitternden Hund in den mitgebrachten Käfig, schließen das Türchen und laden ihn hinten auf die Ape. Pietro rührt sich nicht, im Stehen schaut er zu, wie sein Vater dem Mann zum Abschied die Hand schüttelt, wie er auf der Fahrerseite einsteigt. Mit hängenden Armen steht er da, die Hände noch zu Fäusten geballt, fühlt, wie das, was er für Wut hält, in Weinen umschlägt.

Er sieht, wie sein Vater aussteigt, auf ihn zugeht und versucht, ihn zu überreden.

Steig ein, sagt er, komm, wir fahren, mach dir keine Sorgen, zu Hause wird es ihm gut gehen, das verspreche ich dir, verlass dich auf deinen Papa, es ist normal, dass er jetzt weint, aber das geht vorbei.

Das Kind hebt den Blick und schnieft.

Versprochen?

Ja, antwortet sein Vater.

Darf ich mich hinten zu ihm setzen, fragt es.

Ja, sagt der Vater noch einmal.

Daraufhin lässt sich Pietro auf die Ladefläche heben, kniet sich neben den Käfig, hält sich fest, als sein Vater den Gang einlegt, lauscht dem Motor der Ape, dem Klang des Metalls, dem Klappern des Käfigs, dem Jaulen des Welpen. Er betrachtet die Landschaft, das Gras, die kahlen, gepflügten Felder, die Gräben, und fragt sich, während er eine Hand in die Tasche schiebt und den Knochen streichelt, den er noch einstecken hat, ob sein eigener Schmerz je vergeht, ob er je aufhören wird, seine Mutter zu vermissen.

# FÜNF

HINTER DEN BÜSCHEN IM SCHULGARTEN versteckt sitzt Pietro auf dem Boden, hält einen Stock in der Hand und malt etwas, er lauscht auf die Geräusche rundherum, die Lehrerinnen, die seinen Namen rufen, hört die anderen Kinder, die am Fenster zusehen, seine Klassenkameraden, groß genug, um zu verstehen, was vor sich geht.

Er mustert seine Zeichnung, die Rillen, die er mit der Spitze des Asts gezogen hat, sie entspricht nicht seiner Vorstellung, sie gefällt ihm nicht. Im Kopf hat er immer herrliche Drachen, funkelnde Ritter, perfekte Details, beim Übergang in die Hand läuft etwas schief, verhakt sich, und was er da vor sich sieht, hat nicht die geringste Ähnlichkeit mit dem, was er sich vorgestellt hatte.

Daran denkt er jetzt, nicht an das Chaos um ihn herum, an die vielstimmigen Rufe, an seinen Namen, der unter einem gleichförmigen Himmel in den Oktobermorgen hineinplatzt, an die Stimme seines Vaters, die zu denen der Lehrerinnen hinzugekommen ist.

Er bleibt sitzen und denkt an seine Zeichnungen. Die Hecke, die ihn vor den Blicken der anderen schützt, duftet gut, frisch, auch die Erde riecht gut.

Vor Kurzem hat es geregnet, es ist der erste Tag der Woche, an dem es nicht schüttet, er merkt, dass seine Kleider schmutzig werden, deshalb legt er sich nicht hin, denn er weiß, dass sein Vater dann wütend wird, wenn er aus der Schule heimkommt, ihn fragt, wie er sich nur so schmutzig machen konnte, und ihm nichts bleibt, als schweigend seine Füße zu betrachten, zu warten, bis es vorbeigeht.

Er löscht aus, was er eben gezeichnet hat, macht tiefe Striche über dem Flecken, der ein Dinosaurier sein sollte, er friert fast im Schatten dieser Zweige voller sich schon leicht gelb und orange verfärbender Blätter, er wartet, liebäugelt mit der Idee, für immer hier versteckt zu bleiben.

Er denkt nicht an Essen und Trinken, will sich nur still hier verkriechen, wünschte, dass sein Hund bei ihm wäre, möchte davonlaufen, über die Felder rennen, ein Zelt auf dem Damm des Kanals aufstellen, dort leben, sich angenommen fühlen von Fabbrico, seinen Wurzeln, die er zu erkennen beginnt.

Er möchte mutig sein wie die Gestalten, über die er in den Büchern liest, Tom Sawyer, Huckleberry Finn, auf einem Schiff den Ozean überqueren auf der Suche nach der Schatzinsel, auf Tigern reiten, gegen Seeräuber kämpfen, selbst Seeräuber sein.

Die Zeichnung war doch schön, warum hast du sie kaputt gemacht?

Er hebt den Kopf und sieht ein kleines Mädchen dastehen, jünger als er, aus einer anderen Klasse, er hat Angst, sie könnten ihretwegen entdeckt werden, schweigt und sieht sie an, den Stock halb erhoben.

Hast du dich versteckt?

Ja.

Wieso denn?

Ich weiß nicht.

Darf ich mich hier hinsetzen?

Ja, aber sei leise.

Klar, ich will ja nicht, dass sie uns entdecken.

Dann ist's gut.

Ich glaube, dein Papa sucht dich.

Ja.

Warum gehst du nicht zu ihm?

Ich weiß nicht.

Sie schauen sich wieder schweigend an, die Kleine streckt die Hand aus und Pietro überlässt ihr den Stock, es ist, als seien sie in einer Grotte, als hörten sie das Meer, das draußen an die Felsen und die Klippen klatscht, die Stimmen, die besorgter klingen. Die Kleine beginnt zu zeichnen, dann hält sie inne und sieht Pietro an.

Du solltest deine Mama und deinen Papa lieb haben.

Ich habe keine Mama.

Ist sie tot?

Das weiß ich nicht.

Dann musst du zu deinem Papa gehen, wenn du nur noch ihn hast.

Als er aus dem Schlupfloch herauskriecht, bemerkt ihn niemand, er säubert seine Hose, betrachtet seine mit feuchter Erde verschmierten Schuhe, hebt den Blick zu den Lehrerinnen, die aufgeregt durch den Hof laufen, dreht sich um und geht zu der Kleinen zurück, die gerade wie er aus dem Gebüsch herauskommt.

Jetzt gehört das Versteck auch dir, wenn du willst, sagt er zu ihr.

Danke, antwortet sie.

Wie heißt du?

Das sage ich dir nur, wenn du mich nicht auslachst.

Ich schwör's.

Ich heiße Anela.

Pietro hört seinen Namen, anders ausgesprochen, nicht mehr fragend, er dreht sich um und sieht seinen Vater auf sich zueilen, sieht, wie er sich vor ihn hockt und sagt, tu das nie wieder.

Sein Vater hustet, ein heftiger, trockener Husten, der alles übertönt: die Stimmen der Lehrerinnen, die vor Erleichterung kreischen, die Fragen, die sie ihm stellen, wo er sich versteckt habe, wohin er verschwunden sei.

Pietro hält die Augen geschlossen und sieht nicht, was passiert, sieht nicht die erleichterten Gesichter, das Lächeln seiner Klassenkameraden an den Fenstern, die Spuren ihres Atems, ihrer gespreizten Finger und Hände an den Scheiben, er sieht nicht, welche Erleichterung rund um ihn herrscht und sich dann in Wut verwandelt, er hört die Lehrerinnen nicht. Er hört nur seinen Vater und dessen keuchenden Atem, fühlt die Arme, die ihn drücken, während er zu husten aufhört und sagt, gehen wir nach Hause.

Sie unterschreiben die Papiere, die zu unterschreiben sind, Pietro lässt sich von den Hausmeisterinnen den Rücken tätscheln, nun mit offenen Augen, sein Blick klebt an den von anderen Kindern gefertigten Zeichnungen, die im Flur an den Wänden aufgehängt sind, sie erzählen von Männern und Frauen, die sich an der Hand halten, von Regenbogen und mit Gold gefüllten Brunnen am Ende, von gelben, krummen Sonnen, von weißen Himmeln unter einem blauen Strich, von stilisierten Bäumen und Bergen und Schwalben, von Blumen in verwischten Farben.

Draußen lässt sein Vater ihn los, auf dem Asphalt vor dem Eingang sieht er ihm in die Augen und fragt, was passiert sei, warum er das getan habe, warum er sich versteckt habe.

Das Kind schweigt, wendet den Blick ab, sein Vater streckt die Hand aus und fasst es am Kinn, schau mich an, sagt er, und da schaut ihn das Kind an, sagt nichts, schweigt auch, als sein Vater nachhakt, als er ihm sagt, alle hätten sich gesorgt, auch er habe Angst gehabt, Pietro sei etwas passiert, man habe ihn entführt.

Sie fahren nach Hause, und Pietro klammert sich an die Arme seines Vaters, er sitzt vorn auf der Fahrradstange und wünschte, sein Vater würde ihn mit den Knien in den Hintern boxen, Späße machen, so tun, als würde er ihn herunterfallen lassen. Er weiß, dass es nicht so sein wird, sein Vater ist wütend. Also begnügt sich das Kind damit, sich an diese Arme zu schmiegen.

Wortlos biegen sie in das kleine Tor gegenüber der Werkstatt ein. Pietro klettert vom Fahrrad herunter, bleibt mitten im Hof stehen, vor dem riesigen Eingang zur Werkstatt, vor dem Lärm der Gabelstapler, die das Gusseisen manövrieren, und den Kisten voller Material in seltsamen Formen, die er nicht berühren darf.

Steh nicht da herum, sagt Ettore, bevor er die Militärjacke auszieht und hinters Haus geht, um den zukünftigen Gemüsegarten fertig aufzuräumen.

Pietro hört die Hustenanfälle, er hört sie über den Krach hinweg, der aus der Werkstatt dringt, er möchte zu seinem Vater sagen, dass er nicht im Freien arbeiten soll, dass er eine Jacke überziehen müsste, dass er im Haus bleiben, sich zudecken und ausruhen müsste.

Er würde gern zu seinem Vater sagen, dass er nichts tun darf.

Ich habe dir gesagt, du sollst nicht da herumstehen, hört er noch einmal.

Er geht los, läuft bis zur Garage, klettert die Leiter hinauf, die zwischen Schachteln und alten Büchern an dem Metallregal lehnt, streckt sich, um den Fußball herauszuangeln, dann steigt er langsam und vorsichtig wieder hinunter. Der Ball stammt von einer Mannschaft, deren Fan er nicht ist, ein grinsender Teufel ist darauf abgebildet und es ist kaum noch Luft drin, aber Pietro hat keine Lust, zu seinem Vater zu gehen, um ihn zu bitten, den Ball aufzublasen.

Er geht in den Hof hinaus, weit genug vom Werkstatteingang und den Gabelstaplern entfernt, aber nah genug, um seinen Vater zu sehen, der über die aufgelockerte Erde gebeugt arbeitet, Unkraut jätet, sich auf Knien aufrichtet und die Stirn trocknet, um zu hören, wie er hustet, das Taschentuch herauszieht, sich die Nase putzt und in den Stoff spuckt, und ihren Hund zu sehen, der um ihn herumspringt. Um seine zerrauften Haare und den langen Bart zu sehen und zuzuschauen, wie er gräbt und hackt und seine Hände abwischt und schnauft.

Pietro würde gern zu ihm gehen, ihm helfen.

Jetzt schaut er ihn an, während der Ball von der Wand abprallt und davonrollt, mustert die aufgekrempelten Ärmel seines Jeanshemds, die Arme, die Brust, die sich beim Atmen hebt, und das gerötete Gesicht, er schaut seinen Vater an, der nun kurz zu arbeiten aufhört und sich zu ihm umdreht, mit ernstem Blick, unbewegt, Briciola liegt reglos neben ihm, verängstigt, die Schnauze unter den Pfoten vergraben, und tut zusammengerollt so, als schliefe sie. Gehen wir mittagessen, sagt er.

Sie gehen in die Kantine, es ist nicht weit, sie wandern den Gehsteig entlang, sein Vater vorneweg, Briciola haben sie daheim gelassen, mit der Schnauze zwischen den Gitterstäben des Eisentors, das sein Vater kürzlich frisch lackiert hat, es ist jetzt schön dunkelgrün und funkelt in der Sonne.

Im Gehen hören sie den Hund bellen, er winselt verzweifelt, und Pietro möchte umkehren, um ihn zu streicheln, ihm zu sagen, dass sie bald zurückkommen. Er weiß, dass man Tiere wie Tiere behandeln muss, dass sie nicht ins Haus dürfen, nicht einmal bei Regen, Kälte oder Schnee.

Einmal hatte er sich an das efeubewachsene Balkongeländer geklammert und dem Schneetreiben im Hof zugeschaut, große Flocken fielen auf den weißen Boden, auf die Dächer von Fabbrico rundherum, und hüllten alles in Stille. Briciola war noch klein, und Pietro sah sie wie verrückt herumrennen, hochspringen, um nach den Flocken zu schnappen, ihrem geknickten Schwanz nachlaufen und sich mit dem Rücken auf diesem makellosen, weichen Teppich wälzen.

Ettore war zu ihm getreten, um ihm zu sagen, er solle hereinkommen, und Pietro hatte gefragt, ob der Hund nicht draußen frieren würde. Sein Vater hatte auf Briciola gezeigt, die weiter hinten neben dem Tor ein Loch grub.

Schau, sie gräbt sich eine Höhle, hatte er gesagt, unter dem Schnee spüren sie die Kälte nicht. Es sind Tiere, sie gewöhnen sich daran, sie wissen, was zu tun ist, auch wenn es ihnen niemand beibringt.

Sein Vater hatte sich neben ihm auf das Geländer gestützt, die Hände um das Metall gelegt. Dann, während der Schnee dichter fiel, hatte Pietro ihm zugehört, während er erzählte.

In meiner Kindheit hatte ich ein Schwein. Ich stand jeden Tag im Morgengrauen auf, um im Stall vorbeizuschauen und es zu begrüßen, bevor ich in die Schule ging, ich streichelte es, umarmte es und spielte mit ihm. Wenn ich heimkam, legte ich als Erstes den Ranzen vor dem Stall ab und besuchte das Schwein, unterhielt mich mit ihm, erzählte, was ich in der Schule mit meinen Freunden gemacht hatte, tat so, als könnte es mich verstehen und mir antworten. So machte ich es jeden Morgen, ich vergaß es nie, und einmal kam ich, und es war nicht da, da waren nur das Heu und der Matsch. Weißt du, dass Schweine nicht schwitzen? Dass man sie immer feucht halten muss, weil sie sonst sterben?

Pietro hatte nicht geantwortet, er wollte seinen Vater nicht vom Erzählen ablenken, wollte die Geschichte zu Ende hören, wissen, was passiert war. Er sah, wie der Vater vom Geländer zurücktrat, sich auf den Stuhl unter der Markise setzte, geschützt vor dem Schnee, der vom grauen Himmel wirbelte, sah, wie er seufzte, bevor er fortfuhr.

Weinend bin ich ins Haus zu meiner Mutter gelaufen, fast

blind vor Tränen, habe mich vor sie gestellt und sie weinend angeschrien, ich wolle wissen, wo mein Schwein hingekommen sei, und sie hat geantwortet, sie wisse es nicht, ich solle meinen Vater fragen. Da bin ich, immer noch weinend, aus dem Haus auf die Felder gelaufen, ich lief und weinte, und irgendwann habe ich die Leute gesehen, die dort arbeiteten, und unter ihnen war mein Vater, der mich ansah. Die Hände in die Seiten gestemmt, stand er da, er ist mir keinen Schritt entgegengekommen, er stand da und wartete auf mich. Und er bewegte sich auch nicht, als er hörte, wie ich ihn anschrie, ihn fragte, wo das Schwein hingekommen sei, und sagte, es sei seine Schuld. Erst als ich vor ihm stand, hat er die Hand ausgestreckt, mich am Kragen gepackt und hochgehoben, als wäre ich federleicht, und ich erinnere mich, dass ich mit den Füßen in der Luft zappelte, dass ich nun Angst bekommen hatte, weil mein Vater mich einfach wortlos festhielt, er schaute mich nur an, sonst nichts, bis ich mich beruhigte und zu weinen aufhörte. Erst dann hat er mir gesagt, das Schwein sei tot, er habe es getötet, um Fleisch daraus zu machen, damit wir zu essen hätten, damit ich zu essen hätte, und dann hat er mich losgelassen. Und ich weinte nicht mehr, ich war so wütend wie noch nie, am liebsten hätte ich meinen Vater verprügelt, ihm etwas angetan, und während ich heimging, fiel mir ein, dass ich mich an die Stalltür binden, mich nie mehr dort wegrühren und verhungern würde.

Bei diesen Worten war Pietro seinem Vater auf den Schoß geklettert, hatte sich an ihn geschmiegt, um seine Hände zu fühlen, die ihn drückten, als wäre er nicht wirklich da, seinen noch in der Erinnerung an jenen Tag verlorenen Blick.

Und genau das habe ich getan, fährt Ettore fort, ich bin in den Stall gegangen, habe eine Kette genommen und sie um mich herumgewickelt. Wo ich sie befestigt habe, weiß ich gar nicht mehr, aber meine Mutter muss gehört haben, dass ich Lärm machte, denn sie ist herausgekommen, hat mich angeschaut und ist kopfschüttelnd wieder ins Haus gegangen. Ich erinnere mich, dass es kalt war, dass man den Atem sah und die Sonne langsam unterging, und dass es dunkel war, als mein Vater heimkam, und ich, als ich ihn hörte, wieder Angst hatte, dass er wer weiß wie reagieren würde, wenn er mich so sah; und ich hatte auch Angst, er würde mich so liegen lassen, an diese Tür gekettet, er würde vielleicht gar nicht merken, dass ich nicht im Haus war, aber zum Glück kam er dann doch, kniete sich vor mich hin und versetzte mir wortlos zwei Ohrfeigen, so fest wie noch nie, und dann befreite er mich mühelos und sagte nur, geh hinein, deine Mutter macht sich Sorgen.

Und Pietro hatte sich noch enger angekuschelt und zugehört, die Fragen zurückgehalten, während sein Vater erzählte, dass er sich gefügt hatte, dass er nicht gefesselt dort vor der Tür liegen geblieben war, sondern gehorcht hatte, dass er nicht standgehalten hatte, dass er beschlossen hatte, nicht zu kämpfen, dass er nachgegeben hatte und es nicht hätte tun sollen.

Sie essen an einem Tisch mit sechs Plätzen, sitzen neben vier Männern, die nach Werkstatt riechen, Witze machen, die Pietro nicht versteht, und lachen. Ettore starrt unverwandt auf seinen Teller, hebt nur gelegentlich den Blick, um die Weinflasche zu nehmen und sich ein Glas einzuschenken, es ist eine kleine Flasche, anders als die, die Pietro zu Hause sieht; er dachte, es handle sich um Wein für Kinder, sein Vater hatte gelacht, als er das zum ersten Mal gesagt hatte.

Jetzt schaut er zu, wie sein Vater das Glas an die Lippen führt, macht es ihm nach, nippt auch an seiner Coca-Cola, dann hält Ettore inne, sieht sich um und bemerkt scheinbar plötzlich Pietros Anwesenheit, dort zwischen dem Klirren der Gläser und den Stimmen und den Reden und dem Klappern des Bestecks auf den Tellern.

Ohne zu trinken stellt er das Glas auf den Tisch zurück, und Pietro hält den Arm halbhoch in der Luft, weiß nicht, was er tun soll, außer auf die Frage zu warten, die sein Vater ihm stellt, ruhig, stimmlos, indem er sich nach leichtem Husten räuspert, blass im Gesicht, verschwitzt.

Sagst du mir, was heute früh passiert ist?

Nichts, sagt das Kind, nichts ist passiert.

Jetzt empfindet er das Schweigen als belastend, es verstärkt alles andere, das Geschrei, das aus der Bar dringt, das Geräusch der Eiswürfel, die in die Gläser mit Amaro fallen, der Tabletts beim Tischabräumen und der Zahnstocher, mit denen sich die vier Männer, die noch neben ihnen sitzen, die Zähne reinigen.

Das Schweigen umgibt sie, als Pietro seinem Vater nach draußen folgt, als sie die Straße entlanggehen, als Pietro hinter seinem Vater, der sich nie umdreht, um zu sehen, ob er noch da ist, Steine mit dem Fuß vor sich herstößt, es begleitet sie bis nach Hause, das Schweigen, eine beinahe körperliche Präsenz, beinahe greifbar, wenn er den Mut hätte, die Hand auszustrecken, ein Schweigen, das sie am Nachmittag einlullt, unterbrochen von Hustenanfällen, die stärker werden, als die Sonne hinter den Dächern der Häuser untergeht und weit hinten verlöscht, hinter den Fabriken und den Feldern, hinter den Mietskasernen rundum, hinter den kahlen Ästen der Bäume, hinter Fabbrico.

Das Schweigen hält an, als sein Vater das Abendessen zubereitet und sich dabei das Taschentuch vor den Mund hält, im schwachen Schein der nackten Glühbirne, die Augen gerötet, als hätte er gerade im Meer gebadet. Das Schweigen streichelt sie am Abend, als sie abräumen, als Pietro die Teller abtrocknet, die sein Vater spült, als sie sich im Badezimmer gemeinsam die Zähne putzen, als sie sich gemeinsam den Pyjama anziehen, als keiner der beiden Gute Nacht sagt, als Pietro unter die Decke schlüpft und seinen Vater drüben auf dem Sofa vor dem Fernseher hört und sich nicht traut, das Licht anzulassen, um noch zu lesen.

Am nächsten Morgen wird er auch vom Schweigen geweckt, es ist ein bequemes Schweigen, bestehend aus dem Geruch der Milch auf dem Feuer, aus einem weiteren Morgen voll Herbstsonne, einem neuen Himmel, an dem sich Wolkenrudel jagen, dem Rumoren seines Vaters auf der anderen Seite des Flurs, dem wortlosen Aufstehen und Hinübergehen, um auf den Stuhl zu klettern und sich hinzusetzen, davon zu träumen, möglichst schnell groß genug zu werden, damit er sich nicht mehr so anstrengen muss.

Es ist ein Schweigen, das sich nun selbst müde hinzieht, das seinen Vater ermüdet, seine unter Haaren und Bart verborgenen scharf geschnittenen Gesichtszüge, seine tief liegenden, rot geäderten Augen. Sein Vater macht ihm Angst, eine andere, süße Angst, während er das Taschentuch herauszieht und sich die Lippen abwischt.

Sie frühstücken, Pietro trinkt seine Milch und tunkt seine Kekse ein, wenn einer zerbricht und in die Tasse fällt, bittet er um einen Löffel. Er sieht zu, wie sein Vater vom Stuhl aufsteht, nachdem er die Kaffeetasse abgestellt hat, er ist angestrengt, ächzt, scheint erschöpft.

Sie gehen in diesen nicht zu kalten Morgen hinaus, Pietro lockert seinen Schal und sein Vater sagt nichts, langsam machen sie sich auf den Weg, vor dem Eingang zur Schule drängen sich die Autos, die Arbeiter setzen ihre Kinder mit dem Fahrrad ab, und das Gleiche tun die Mütter mit dem Auto, manche gehen noch in die Bar gegenüber, sein Vater beugt sich über ihn, küsst ihn auf die Stirn, fährt ihm durch die Haare und schämt sich für seine Zärtlichkeit.

Es scheint, als sei am Tag zuvor nichts geschehen, sie haben Rechnen und die Lehrerin ist nett, fragt nichts, dann kommt Italienisch, Erdkunde, sie lernen die Nebenflüsse und die Deltamündungen, zeigen sie auf der riesigen Landkarte, die an der Wand hängt. In der Pause laufen sie in den Schulhof hinaus, rennen herum, lachen, verstecken sich und essen ihr Pausenbrot, das Pietro nicht hat, denn sein Vater hat vergessen, ihm eins mitzugeben.

Er setzt sich auf die Backsteinstufen und sieht den anderen zu, wie sie herumrennen, ihr Obst essen, ihre Brötchen oder Hörnchen, den Zwieback, den jemand extra für sie mit

Marmelade bestrichen hat. Auf diesen Stufen neben der in der Sonne funkelnden Feuertreppe sitzend, sucht er Anela, hört wieder ihre Stimme, fühlt wieder die Kälte hinter dem, was ihrer beider Versteck geworden ist, hört sie sagen, sein Vater sei der einzige Elternteil, den er noch hat.

Danach haben sie Turnen, üben an der Kletterwand und werfen sich auf die Matte, schwitzen und laufen erneut, springen in Kreise, im Saal riecht es ungelüftet und nach Linoleum, dann läutet es und Pietro schlüpft in seine Jacke, ohne sie zuzumachen, wickelt sich den Schal um den Hals.

Er eilt durch die Gänge zum Ausgang, um seinen Vater wiederzufinden und nach Hause zurückzukehren, mittagzuessen, mit Briciola zu spielen, um zu tun, was sein Vater ihm aufträgt, ohne sich zu beklagen, ihm im Gemüsegarten helfen, umgraben, Samen pflanzen, im Hof gefallene Magnolienblätter wegkehren, es zu tun, ohne etwas zu sagen.

Hastig läuft er die Treppe hinunter, vorbei an den anderen Kindern, späht über die Ranzen, die Schultern seiner Kameraden hinweg, um zwischen den anderen Eltern das Gesicht seines Vaters zu entdecken, und als er es nicht findet, spürt er, dass sein Herz etwas schneller klopft.

Er sieht seinen Großvater, der mit einem seltsamen Ausdruck die Hand hebt und winkt, um ihn zu rufen. Pietro senkt den Kopf, blickt auf seine Schuhe, auf den Kies, der dort beginnt, wo die Stufen enden, auf das dazwischen sprießende Unkraut, das Moos auf den Steinen der Mauer, die den Hof umschließt; dann sieht er Livio an, der ihm den Rucksack von den Schultern nimmt, ihn begrüßt und ihm in sein

Schweigen hinein erklärt, dass es seinem Papa nicht so gut gehe, er sei im Krankenhaus, es sei nichts Ernstes und sie würden ihn jetzt gleich besuchen.

Pietro nimmt die Hand, die sein Großvater ihm hinstreckt, er möchte ihm gern sagen, dass er nicht mehr so klein ist und sein Vater ihn manchmal allein heimgehen lässt, er möchte ihm Fragen stellen und schweigt, lässt sich bis zum in der Nähe parkenden Auto führen, bis Livio zu ihm sagt, wenn er wolle, könne er vorne sitzen, er sei ja nun schon groß.

Auf der Fahrt betrachtet Pietro die Landschaft, die Häuser von Fabbrico, diese Häuser, an denen er sonst nie vorbeikommt, neue Stadtviertel, Sozialwohnungen, Grünanlagen und weitere Fabriken, die zwischen den Mietshäusern stehen, das beginnende Land, den Spielplatz neben dem Friedhof.

Ab und zu wendet er den Blick ab von den Wiesen, den Feldwegen, dem Asphalt da draußen und schaut zu seinem Großvater hin, der sich an der Stirn kratzt, ihn immerzu anlächelt, die ganze Fahrt über nichts sagt und ihm die Wange tätschelt.

Um das Krankenhaus herum ist eine Baustelle, da sind Kräne und Gerüste, Betonmischer und das Dröhnen von Stahl und Eisen, die Arbeiter rufen sich etwas zu, jemand lacht, ein anderer pfeift, man hört das Schweigen der Besucher, die wie sie aus dem Auto gestiegen sind, den asphaltierten, mit orangefarbenen Bändern und Netzzäunen abgesteckten Weg entlanggehen, vorbei an Schildern, auf denen steht: VORSICHT,

GEFAHR, BETRETEN VERBOTEN. Links ist das offene Land, hinten die Häuser, noch weiter weg sieht man eine Überführung und dahinter die Böschung des Po, das grüne Gras und die Pappeln, die anfangen, Blätter zu verlieren. Pietro und Livio gehen Hand in Hand, langsam und schweigend.

Sie gehen den Flur entlang, vor dem Aufzug hockt Livio sich vor Pietro hin und knöpft ihm die Jacke auf, Pietro fragt, ob sie zu Fuß hinauflaufen können, eine Hand hält die des Großvaters, mit der anderen umfasst er das Geländer aus grünem Kunststoff, so steigen sie in den dritten Stock hinauf, in die Stille der Abteilung, bis zu dem Zimmer, in dem sein Vater liegt.

Pietro dreht sich um und sieht, wie sein Großvater seine verschwitzte Hand an der Hose abwischt, vor der angelehnten Türe stehen bleibt und zu ihm sagt, geh, geh hinein.

Durchs Fenster fällt ein wächsernes Licht, klettert zäh die Wände hinauf, übers Bett und die braunen Decken, unter denen sein am Tropf hängender Vater liegt. Er betrachtet den grau werdenden Bart, die blasse Hautfarbe, anders als in den letzten Tagen, besser, gesünder.

Mit hängenden Armen steht er da, reglos, das Gesicht gesenkt, sein Blick wandert unruhig über die Füße des Bettes und das ausgebleichte Gelb des Fußbodens, über die Lichtstreifen, die es heller machen, und über die Schatten ihrer Körper, deren Linien absurd und zerstückelt sind. Er fängt an, die Hände zu ringen, mit seinen Fingern zu spielen, auf den Füßen zu wippen.

Es geht mir gut, sagt Ettore, und das Kind weiß, dass sie erwarten, dass es etwas tut, vor allem sein Großvater, der ihm jetzt die Hand auf die Schulter gelegt hat, erwartet das, daher geht es mit zusammengepressten Lippen zu der Hand, die sein Vater ihm hinstreckt, schmiegt seine Wange daran, um sich mit geschlossenen Augen streicheln zu lassen.

Sie bleiben etwa eine halbe Stunde dort im Zimmer, Pietro lässt seinen Vater und seinen Großvater reden, auf dem Flur gehen Krankenpfleger und Ärzte vorbei, unterhalten sich, als ob da drinnen keine Kranken lägen, sprechen über Sachen, die sie zum Lachen finden, einige sind ernst, andere schweigen und kratzen sich an die Wand gelehnt an den Ohren. Durch die Ritzen des fast ganz heruntergelassenen Rollladens schaut er aus dem Fenster, er würde ihn gern hochziehen und sich mit den Armen aufs Fensterbrett lehnen, um den Maurern bei der Arbeit zuzusehen.

Dann kommt eine Krankenschwester, klopft an den Türrahmen, schaut herein und sagt, die Besuchszeit sei zu Ende. Pietro rutscht von dem Stuhl, auf dem er sitzt, lässt sich wortlos von seinem Großvater die Jacke anziehen, verabschiedet sich von seinem Vater mit einem Ciao und hebt die Hand, streift ihn mit dem Blick und sieht die Andeutung eines Lächelns.

Er betrachtet ihn, wie er da im Bett liegt, wehrlos, kleiner geworden, es schneidet ihm ins Herz, schnürt ihm den Magen zu und alles andere, so lieb hat er ihn. Er denkt an ihn als Kind an einem Morgen vor vielen Jahren, an eine Stalltür gekettet, an seine Tränen, daran, wie schön es wäre, wenn sie ein Schwein anschaffen könnten, wenn er wieder daheim ist, er hört zu, während der Vater sagt, Pietro werde bei den Großeltern wohnen, er selbst werde bald wieder gesund sein und bald würden sie nach Hause zurückkehren, zur Normalität.

Livio ist froh, wieder im Freien zu sein, die frische Herbstluft zu atmen und den Baustellenlärm zu hören. Mit vor Hunger knurrendem Magen geht er zum Auto. Pietro folgt mit gesenktem Kopf, im Abstand weniger Schritte, Livio wartet auf ihn, die Beifahrertür geöffnet; ich setze mich lieber hinten rein, sagt sein Enkel zu ihm.

Er schafft es nicht, ihm in die Augen zu schauen, lächelt, es ist das erste Mal, dass sie nur zu zweit sind. Livio kratzt sich im Gesicht, unter den Haaren, seine Haut ist gereizt, er spürt die Distanz, die Unfähigkeit. Er setzt sich ans Steuer und stellt den Rückspiegel so ein, dass er den Enkel im Auge hat, der im Sitzen die Stirn an die Scheibe lehnt.

Er fragt ihn, ob er Hunger hat, und Pietro zuckt die Achseln, er fragt ihn, ob er heim will, und Pietro zuckt die Achseln, verzieht keine Miene, schaut woandershin, über die Scheibe und die Baustelle, über das Krankenhaus und die Ufer des Po hinaus.

Schließlich lässt Livio den Motor an, legt den Rückwärtsgang ein, jemand hupt und er bremst abrupt, kurz vor einem Auto, dass an ihm vorbeifährt, er hebt entschuldigend die Hand, verlässt den Parkplatz, fährt los und weiß nicht wohin.

Er denkt an seine Tochter, daran, was für ein Vater er gewesen ist, er erinnert sich an nichts, weder an ihren ersten Schultag noch an ihre Kommunion, er erinnert sich nicht, je mit ihr gestritten zu haben, fragt sich, ob er etwas hätte bemerken müssen, Zeichen, die er nicht sehen konnte, fragt sich, ob er Ettore mehr helfen müsste und Pietro, der jetzt die Augen geschlossen hat und aussieht, als schliefe er.

Er findet sich auf dem Damm des Flusses wieder, auf der kurvigen Strecke am Waldrand, der Boden nass von einem braun-trüben Wasser, das aus der Erde zu kommen scheint, er fährt am Ruderklub vorbei, an der Reitbahn, mustert die Pferde, die Heu fressen und still mitten in dem ganzen Grün herumstehen.

Pietro hält die Augen geschlossen, auch als die Straße nicht mehr gepflastert ist und das Auto über die Steine holpert. Livio möchte gern sagen, schau mal, die Pferde, er möchte, dass Pietro staunte, dass er die Augen öffnete und nicht mehr so weit weg wäre. Er hält auf dem Parkplatz neben der Bar und dem Restaurant am Flussufer, ruft leise Pietro, keine Reaktion, er klammert sich mit den Händen ans Lenkrad und ruft noch einmal, doch sein Enkel öffnet die Augen nicht.

Er steigt aus, vor ihm der Po, reißend und schäumend, er betrachtet seine Hände und stützt sie auf die Motorhaube, es sind Hände, die ein Leben lang Häuser gebaut haben, rissig und voller Schwielen. Er dreht sich um und betrachtet seinen Enkel forschend durchs Autofenster, öffnet die Tür, streckt die Hand aus und hält wenige Zentimeter vor Pietros Haaren inne, dann streichelt er ihn und ruft ihn. Pietro, sagt er.

Das Kind öffnet die Augen, und Livio lächelt.

Wir sind am Restaurant.

Ich habe doch gar keinen Hunger, erwidert Pietro.

Du kannst nehmen, was du willst.

Ich weiß es nicht.

Auch bloß Pommes frites.

Ja, gut.

Aber nicht der Oma sagen.

Ja, gut.

Sie schauen sich noch einen Augenblick an, über ihnen der graue, tief hängende Himmel, sie sind hier die Einzigen, denn ein paar Maurer fahren gerade mit ihrem Lieferwagen davon. Pietro wirkt nicht überzeugt, und Livio würde ihn am liebsten auf den Arm nehmen.

Komm, wir gehen, sagt er.

Pietro gehorcht, steigt aus und greift nicht nach der Hand, die sein Großvater ihm hinhält. Das Restaurant ist leer, Livio winkt einem Mann zu, der an einem Tisch vor einer riesigen Rechenmaschine sitzt.

Ich weiß, es ist spät, aber würdest du mir den Gefallen tun?

Der Mann lässt die Brille auf die Brust fallen, hebt den Blick und erkennt ihn.

Selbstverständlich. Setzt euch, wohin ihr wollt.

Livio bestellt auch für das Kind, das nichts sagt und keine Antwort gibt, als der Restaurantbesitzer es fragt, wie es heißt.

Sie essen, Pietro spielt mit den Pommes und dem Ketchup und der Mayonnaise, sie sind umgeben von Stille und von dem Klappern, das aus der Küche kommt, wo jemand abspült. Livio steht auf und geht bezahlen, mach dir keine Sorgen, sagt er, als der Besitzer ihn fragt, warum sie denn nicht aufgegessen hätten; dann kehrt er zu Pietro zurück und sagt, komm, wir gehen.

Sie laufen über die Kiesel, man hört nur ihre Schritte, der Fluss verbirgt sich hinter einer Kurve, hinter einer Brücke, auf der Autos und Lastwagen fahren. Pietro will schon einsteigen, doch Livio sagt zu ihm, er möchte gern einen Spaziergang machen, den Damm entlanggehen, die Bootsbrücken sehen und ob Fischer da sind.

Da ist ein von Röhricht gesäumter Pfad, der zwischen dem Fluss auf der einen und dem Wald auf der anderen Seite verläuft, da ist die Sonne, die das Oktobergrau durchdringt und auf dem Wasser glitzert, und die Vögel erwachen und zwitschern, und der Wind verweht den Verkehrslärm, und die beiden gehen.

Livio schaut sich um, betrachtet die Natur, die sie umgibt, die Langsamkeit dieser Orte, die Stille, die ab und zu herausspringenden Fische. Pietro hält den Kopf gesenkt, den Blick auf die Schuhe und die Steine und die trockene Erde des Pfads gerichtet, sieht seinen Großvater an, der weiter vorne auf etwas zeigt und sagt, da sind Pferde.

Mit den Augen folgt Pietro dem Finger, sieht das schwarz gestrichene Holzhaus mit der riesigen roten Aufschrift, sieht die Koppel und das Grün des Rasens, das Blau der Blumen, die grasenden Pferde, ihr geflecktes Fell, sieht dann wieder seinen Großvater an, der immer noch den Finger ausstreckt.

Mein Papa hat einmal Bären gesehen, sagt er zu ihm. Bringst du mich heim, Opa?

Als sie ankommen, steht Ester draußen und wartet mit verschränkten Armen auf sie, beobachtet, wie sie sich in die Garage einfädeln und dann herauskommen, streicht Pietro über den Kopf, als er wortlos an ihr vorbeigeht, sieht Livio an, der sie ansieht, die Hände in den Taschen vergraben, und geht ins Haus, setzt sich zu ihrem Enkel aufs Sofa und fragt ihn, ob er gegessen habe, ob es ihm gut gehe, ob alles in Ordnung sei.

Pietro hält einen der Comics in der Hand, die sie dort haben, ein altes Mickymaus-Heft, das er wohl schon tausendmal gelesen hat, sagt, dass er Hunger hat, dass er ein Brötchen mit Schokocreme möchte, dass er Zeichentrickfilme anschauen will.

Ester geht in die Küche, schneidet das Brot auf und bestreicht es mit der Creme, lässt das Kind vor dem Fernseher sitzen, betrachtet es im Profil und sieht, wie achtsam es sein Brötchen isst, um nicht zu krümeln; draußen dunkelt es schon, die Sonne sinkt und zieht sich vom Fußboden, aus dem Haus zurück.

Sie geht mit Pietro ins Bad, damit er sich wäscht, bleibt bei ihm und trocknet ihm die Haare, erst mit dem Handtuch, danach mit dem Föhn, dann macht sie das Abendessen, hört den Nachrichten im Fernsehen zu, kommentiert sie und antwortet zerstreut auf die zerstreuten Kommentare ihres Mannes, der wieder hereingekommen ist, macht Pietro einen Kinderkaffee, indem sie Wasser mit Zucker mischt in dem Tässchen, aus dem sie getrunken hat.

Während sie all das tut, während ihr Enkel seinen Pyjama anzieht und vor dem Einschlafen in seinem Buch liest, denkt sie, wie sehr ihre Tochter ihr fehlt, wie es ihr fehlt, diese Dinge mit ihr zu tun, und wie gern sie möchte, dass dieses Kind öfter bei ihnen übernachtet.

Sie denkt zurück an die Zeit, als ihre Tochter klein war, an die Winter ohne fließendes Wasser im Haus, an die Vormittage, an denen Livio arbeitete und sie sich die Tochter auf den Rücken band, um das Haus zu verlassen, an diese Kälte, an die blau gefrorenen Hände und den Frost, der ihr ins Gesicht schlug.

Sie denkt an den Gang durch den Schnee, stets in Gefahr, auf dem Eis auszurutschen, an die gefühllos gewordenen Füße, an den Brunnen, den einzigen im Dorf, an das eingefrorene Wasser, das den Wasserhahn blockierte, an die Hammerschläge, um es wieder zum Fließen zu bringen, sie denkt an den schweren Atem, an das Füllen der Kanister, die sie sich dann um die Schultern hängte und quer über die Straßen heimschleifte, an den Widerstand, den sie leisteten auf diesen Schotterwegen, die noch keinen Asphalt kannten.

Sie denkt zurück an das Abendessen, das sie für Livios Heimkehr bereitstellte, daran, wie sie zu Hause blieb, wenn er in die Bar ging, wie sie ihn manchmal im Bad vom Boden aufhob, um ihn ins Bett zu bringen, wie er manchmal gar nicht bis ins Bad kam, sie denkt daran, wie sie um drei Uhr nachts putzen musste, denkt an den vom Erbrochenen ihres betrunkenen Mannes schmutzigen Fußboden, an die Unmöglichkeit, sich aufzulehnen, an ihr Schweigen und Ertragen. Daran denkt sie im Dunkel des Schlafzimmers, schwach erhellt von dem Licht, das von unten kommt, vom Fernseher, vor dem Livio sitzt, während sie wartet, bis Pietro eingeschlafen ist, die Treppe hinuntergeht, zurück in die Küche, und abspült, während sie sich neben ihren Mann aufs Sofa setzt und er zur Fernbedienung greift und den Ton ganz leise stellt.

Livio starrt weiter auf den Fernseher, er dreht sich nicht um, als er zu ihr sagt, dass er etwas Schreckliches gedacht habe, dass sie dort im Krankenhaus gewesen seien und ihm plötzlich der Gedanke gekommen sei, ja die Hoffnung, dass Ettore sterben könnte, dass Pietro Waise würde, dass ihnen die Möglichkeit gewährt würde, noch einmal Eltern zu sein.

Ester dreht sich zu Livio hin, betrachtet sein vom Bildschirm beleuchtetes Profil, hört ihn atmen, hört, wie er sich an den Händen, am Arm kratzt, blickt ihren Mann an und bemerkt, wie alt er geworden ist, es ist, als wäre ihr das vorher noch nie aufgefallen, als wäre dieser Mann in ihrem Kopf immer der geblieben, den sie geheiratet hat. Ihr wird klar, dort auf dem Sofa, während sie die Hände nach ihm ausstreckt, während sie sein Gesicht streichelt, während sie sieht, wie er sich ihr zuwendet, während sie die Falten um seine Augen und die dünnen weißen Haare bemerkt, dass sie ihn zum ersten Mal, seit ihre Tochter sie verlassen hat, richtig ansieht.

Die Hände um Livios Gesicht gelegt, sagt sie ihm, er solle schweigen, er dürfe nicht an diese Dinge denken, es sei nicht ihre Schuld.

Sie streichelt ihn und küsst ihn dann dort auf dem Sofa, im blauen Flimmern des Fernsehers, der ihnen eine ideale Beleuchtung schenkt.

Am nächsten Tag ist der Himmel wolkenlos, und draußen herrscht ein Licht, das wärmt, das Laub der Bäume im Garten ist gelb und orangefarben, Pietro erwacht und sagt Guten Morgen, und Livio teilt ihm mit, dass sie zum Frühstück in die Bar gehen, nur sie beide, dass sie zu Fuß gehen, und Ester sieht ihn komisch an und dreht die Flamme ab unter der Milch, die sie schon aufs Feuer gestellt hatte.

Großvater und Enkel wandern unter den Bäumen die Allee hinunter, die zu dem Park auf der anderen Seite des Viertels führt, und als sie auf die Straße stoßen, sehen sie links die verlassene Kirche, dann kommt das Apothekenschild, dann der Zeitungskiosk, wo Livio anhält, um die Zeitung zu kaufen. Sie gehen durch den kleinen Laubengang vor der Bäckerei, vor der Bar, wo sie die einzigen Gäste sind und sich an ein Tischchen setzen.

Livio spricht mit dem Barista, das ist mein Enkel, sagt er voll Stolz, mit einem Lächeln, das Pietro nicht versteht. Sie bestellen, Livio nimmt ein Salamibrötchen, Pietro einen Obstsaft und ein Hörnchen, und während er hineinbeißt, beobachtet er, wie der Barista ein kleines Glas Wein einschenkt für seinen Opa, der noch weiterredet, bevor er sich mit dem randvollen Glas zu ihm setzt.

Sie schweigen, und Livio lächelt ab und zu, dann zieht er sein Portemonnaie aus der Hosentasche, klappt es auf und sucht etwas, etwas Kleines, Rechteckiges, ein vergilbtes Stück Papier, an den Seiten und den Ecken ausgefranst, ein Stückchen festes Papier, und schließlich reicht er es Pietro, der es betrachtet, herumdreht und festhält.

Es ist das Foto einer Frau im geblümten Kleid, sie hat ein Kind auf dem Arm, ein ganz kleines Kind mit Pausbacken und Augen, die Pietro an jemanden erinnern, er betrachtet das Lächeln dieser Frau, ihren glücklichen Ausdruck und erkennt seine Augen in ihren, dieselbe Färbung, derselbe Ausdruck, hört seinen Großvater lächelnd sagen, hier, das ist deine Mutter, und der da bist du.

Pietro hebt den Blick, als suche er nach etwas, nach jemandem, es ist, als suche er in der Vitrine der Bar, zwischen den ausgestellten Hefeteilchen, den Brötchen, den Stücken von Mangoldkuchen, den Tramezzini, als suche er zwischen den Tischbeinen, auf dem falschen Marmorfußboden, zwischen den Stühlen und Kleiderständern neben der Türe, als suche er draußen vor dem Fenster neben ihnen, es ist, als suche er und fände nichts, als er wieder seinen Großvater anschaut und nach einem letzten Blick auf das Foto, auf seine Mutter, die ihn im Arm hält, fragt, was bedeutet Hure?

# SECHS

Die Schulglocke läutet, Pietro läuft als Erster hinaus, stellt das Handy an, bewegt sich in der Menge von Jugendlichen wie er, zwischen ihren Rucksäcken, ihrem Gelächter, ihrem Geschrei, ihrem Gerangel, ihrem Wir sehen uns später, ihrem Sichzuwinken von Weitem. Er sieht sie auf ihren Skootern davonfahren, zu zweit, ohne Helm, er mustert die Fahrräder, die Mädchen.

Er mustert die Gesichter, und alle scheinen hübscher zu sein, netter, Teil von etwas.

Der Bus bringt ihn nach Hause, er schläft nicht ein, hat Hunger, betrachtet die Straße, die aus der Stadt hinausführt, über Land, die Häuser werden kleiner, es gibt keine Wohnblocks mehr, sondern Felder, Fabriken, Parkplätze und Tankstellen, man sieht wieder den ganzen Himmel bis zum Horizont, wo die Berge sind, die man nicht sieht.

Der Bus bringt ihn zurück nach Fabbrico, und er steigt als Letzter aus, er ist der Einzige, der von dort kommt, geht die Stufen vor dem Bahnhof, vor den Graffiti voller Grammatikfehler, den Liebessprüchen, den Beleidigungen hinunter, schultert den Rucksack und macht sich auf den Heimweg, während das Handy summt, es ist eine SMS von Miriam.

*Komm heute Nachmittag zu mir. Meine Eltern sind nicht da.*

Er lächelt, hält bei Ercole an, um Zigaretten zu kaufen, geht über die Piazza und am kommunalen Kindergarten vorbei, betrachtet die Kleinen, wie sie schreien und spielen, nimmt die Straße am alten Industriegebiet, vorbei an der Bank, an der Fabrik von Miriams Vater.

Zu Hause ist niemand, sein Vater hat ihm einen Zettel hingelegt, dass er in der Werkstatt arbeitet, dass er einen kranken Arbeiter vertreten muss, dass Pietro den Rasen mähen soll; er hat ihm das Mittagessen vorbereitet, das Pietro sich in der Mikrowelle aufwärmt, während er an Miriam denkt, daran, wie sie ihn anschaut, an ihre kurzen Haare, an ihren Busen, an die Bemerkungen seiner Freunde über sie, daran, dass alle überzeugt sind, sie habe schon Sex gehabt.

Er denkt an die Heftchen, die er und seine Freunde unter der Kanalbrücke verstecken, wo sie sich manchmal treffen, um zu rauchen und ein paar Bier zu trinken, zusammen mit den Größeren, die dort immer herumlungern, die rauchen und lachend erzählen, wie die Frauen wirklich seien, dass man sie an den Haaren packen müsse, sie auf den Arsch hauen und schlecht behandeln müsse, es gefalle ihnen nämlich, mit Gewalt und Entschlossenheit genommen zu werden, man dürfe sie niemals zurückrufen, bis Anela sie dann irgendwann zum Teufel schickt und zu ihm sagt, er solle nicht hinhören, die hätten ja keine Ahnung.

Beim Essen, während er durchs Fenster seinen Vater beobachtet, der mit dem Gabelstapler über den Werkstatthof fährt und einen dort geparkten Lastwagen ablädt, während er sieht, wie der Vater mit dem Fernfahrer lacht, fragt er sich, ob Miriam solche Sachen von ihm erwartet, ob er fähig ist, sie zufriedenzustellen, er stellt sie sich nackt vor, umgeben von den Jungen, mit denen sie es schon getan hat, er möchte ihr schreiben, dass er nicht kommt, dass er einen Termin hat, dass er nicht kann, dass sein Vater ihn nicht weglässt.

Er räumt den Tisch ab und spült das Geschirr, geht ins Bad, kämmt sich, betrachtet sich prüfend im Spiegel und überlegt, ob er sich umziehen soll, ob er sich rasieren soll, erinnert sich an seinen Vater an jenem Nachmittag vor einigen Monaten.

Pietro war ins Bad gekommen, als Ettore sich gerade mit einem Handtuch die letzten Spuren von Rasierschaum abwischte, er hatte sich entschuldigt und zum Gehen gewandt, doch sein Vater hatte ihn zurückgerufen.

Komm nur herein, hatte er gesagt.

Nebeneinander hatten sie sich vor das Waschbecken gestellt und sich im Spiegel gesehen, Ettores Schnauzbart, um den Pietro ihn beneidete, den Ernst in den Blicken, während Pietro sein Gesicht einschäumte, mit der Klinge den Anflug von Bart abrasierte und sich dabei kleine Schnittverletzungen beibrachte, während sein Vater auf dem Badewannenrand sitzend zusah, ihm das Klopapier hinhielt und sagte, nimm das, bevor er ging und ihn allein ließ.

Als er aus dem Badezimmer kommt, schaut Pietro auf die Uhr, es ist noch früh, er setzt sich aufs Sofa und legt eine CD ein, klopft mit den Füßen auf den Boden, schaut sich um, tut so, als würde er lesen, die Unordnung in der Wohnung beseitigen, sein Zimmer aufräumen, dann bricht er auf und hofft, dass sein Vater ihn nicht sieht, ihn nichts fragt.

Er beschließt, zu Fuß zu gehen, zündet sich eine Zigarette an und bereut es, keinen Kaugummi mitgenommen zu haben; da noch Zeit ist, wählt er den längeren Weg, er will nicht zu früh kommen, nicht ungeduldig wirken, sondern selbstbewusst, wie ein Mann, erwachsen, sicher. Er malt sich aus, wie es sein wird, Miriam nackt auf ihm, die schreit, ihn auffordert, ihr wehzutun, er hofft, dass er dazu fähig ist.

Er stellt sich vor, wie er sie gegen die Wand gedrückt küsst, wie sie ihm die Tür öffnet, schon nackt oder nur mit einem durchsichtigen Höschen und Stay Ups bekleidet.

Er geht Richtung Supermarkt und merkt, dass er aufgeregt ist, seine Hände schwitzen und er überlegt, wieder heimzugehen, da sieht er plötzlich die Hexe von Fabbrico auf einer Bank sitzen, wie gewöhnlich schwarz gekleidet, eine Kapuze über dem Kopf, sieht, wie sie altes Brot zerbröckelt, sieht die Tauben unter ihr herumflattern und die Krümel zwischen ihren Schuhen aufpicken, die von grauem Klebeband zusammengehalten werden. Er sieht, dass sie ihn anschaut, und erstarrt, ihre Augen sind wie Stecknadelköpfe und zugleich tiefe Seen, ihre Hände hören auf, das Brot zu zerbröckeln, er sieht das Lächeln, das sich in dem runzligen Gesicht ausbreitet, die Haut wirkt dick und hart, er sieht ihre Goldzähne, die Hände, die sich wieder heben und das Brot fallen lassen. Er sieht, dass sie auf ihn zeigen, ihm winken, hört die Stimme, die flüstert, komm, komm her, wie ein Kratzer klingt die Stimme, wie wenn die Nadel auf der Schallplatte springt.

Pietro rührt sich nicht, und sie ruft ihn noch einmal, er hat keine Angst, spürt nicht den Drang davonzulaufen, spürt in sich die Neugier, zu erfahren, was diese Frau will, er ist sich sicher, dass sie ihm von seiner Mutter erzählen wird, dass sie ihre Stimme nachahmen kann, dass sie sich in sie verwandeln kann, in das Lächeln auf dem Foto, und dass sie ihn in ein kleines Kind verwandeln kann, das sie auf die Schulter nimmt und streichelt.

Er schaut und schweigt, schaut sie an und wendet sich dann zum Haus von Miriam, die ihn erwartet.

Er klingelt und wartet, so scheint ihm, unendlich lange, bis sie ihm das Gittertor öffnet und in der Türe am Ende des Gartenwegs erscheint, zwischen Tonfiguren, die die sieben Zwerge sein sollen und wie Ungeheuer aussehen.

Die Sonne beleuchtet ihr Lächeln und den abgebrochenen Zahn, sie geniert sich nicht, ihn zu zeigen, ab und zu fährt sie mit der Zunge darüber, wenn sie auf einer Bank sitzen und nicht wissen, was sie sagen sollen, wenn er versucht, die Hand unter ihre Kleider zu schieben und sie Nein sagt, jetzt nicht.

Sie begrüßt ihn, und es ist, als hätten sie noch nie Stunden damit zugebracht, Spucke auszutauschen, wie sie es nennt, als hätten sie noch nie ein Wort gewechselt, sie ist rot im Gesicht, und Pietro schwitzt, fühlt die Nässe auf seinen Händen und seiner Stirn, denkt, er hätte sich duschen sollen, das hätte sie verdient gehabt.

Sie tritt beiseite, um ihn hereinzulassen, er geht an ihr vorbei, riecht das Parfüm, das sie aufgelegt hat, und mag es nicht, er würde es ihr gern sagen, schweigt aber und küsst sie nicht, meint, sie könnte enttäuscht sein, dreht sich um und streckt sich zu ihr hin. Es ist ein flüchtiger, verlegener Kuss, und verlegen geben sie sich dann die Hand in der Stille dieses Hauses, in dem es genauso riecht wie bei Pietro, nach Werkstatt und Eisen und Spänen, ein Geruch, der nicht mehr weggeht, und nach Blumen und Pflanzen, die Miriams Mutter hegt und pflegt, die überall auf den Fensterbrettern und im Flur stehen, den sie durchqueren, um in Miriams Zimmer zu gelangen.

Verlegen stehen sie voreinander, wissen nicht wohin mit den Händen, die Gedanken überstürzen sich, und verlegen beginnen sie sich zu küssen, verlegen werden sie allmählich sicherer in den gewohnten Gesten, den Zärtlichkeiten, die sie austauschen. Sie sind verlegen, als sie aufhört, ihn zu küssen, um ihren Pullover auszuziehen, um ihn anzusehen wie noch nie, um ihm zu sagen, er solle sich hinlegen.

Und jetzt ist nur noch Pietro verlegen, weil Miriam über ihm ist, sein Gesicht und seinen Bauch streichelt, ihn behutsam auszieht, und alles, was er gedacht hatte, alles, was er gerade denkt, die Heftchen, die verzerrten, unproportionierten Darstellungen in diesen Comics, das Gelächter und die Kommentare der größeren Jungen, alles hört zu existieren auf, und er ist jetzt allein, zusammen mit Miriam, auf diesem Bett, auf den Decken, die sie über sich ziehen, und den Laken, die am Boden landen, in denen sie sich verheddern, als sie ihre Hosen ausziehen bis auf den Slip, zwischen den Stofftieren auf dem Schreibtisch, den aufgeschlagenen Büchern, den an der Wand hängenden Fotos und denen auf dem Nachttisch.

Nur noch er ist verlegen, da er ihr endlich das Höschen auszieht und es nebenhin legt, damit sie es nachher wiederfindet, wenn sie fertig sind, wenn sie ihn gelehrt hat, wie es geht, und zudem ist er verlegen, da er sie endlich nackt sieht, die vollen Brüste in seinen Händen hält, sie mit den Lippen berührt, sich fragt, ob es ihr gefällt, ob er es gut macht in dem Schweigen, das nur von ihrem Stöhnen unterbrochen wird und von Miriams Stimme, die sagt, er solle langsam machen, es sei ihr erstes Mal.

Er betrachtet sie, während sie sich aufrichtet, die Augen niederschlägt und unter ihm wegrutscht, das Sperma von Pietros Orgasmus auf ihrem Bauch mit den Fingern auffängt und mit der freien Hand das Laken hochzieht, um sich nicht anschauen zu lassen, und er nicht versteht, warum.

Wunderschön, dieser Rücken, den Pietro sieht, diese Schultern, diese Haare, dieses Profil, das Miriam ihm zugesteht, als sie sich einen Augenblick umdreht im Nachmittagslicht, das durch die Vorhänge fällt, der Busen, noch kurz unbedeckt, bevor sie aufsteht, um ins Bad zu gehen, und sagt, warte, ich komme gleich wieder, zieh dich nicht an.

Jetzt liegen sie nackt auf dem Bett, Miriam hat ihren Kopf auf Pietros Brust gelegt, er streichelt ihre Haare, ihr Gesicht, ihre Nase und tastet ab und zu mit den Fingern nach ihrem abgebrochenen Zahn.

Lass mich in Ruhe, sagt sie zu ihm.

O nein, das kann ich nicht, antwortet Pietro.

Ich war doch grade am Einschlafen.

Was?!

Er beugt sich über sie, küsst sie auf die bloße Haut, und Miriam zieht ihn an den Haaren, während er sie kitzelt und sie beide lachen, während er sie in den Bauch beißt und prustet, bis sie sich wieder küssen und es ganz sanft noch einmal tun, bis Pietro ihr das Gesicht streichelt, die Nase, bis er sie auf die Wange küsst und sich wieder neben ihr ausstreckt und sie ihm wieder den Kopf auf die Brust legt.

Jetzt schweigt er, betrachtet still die Haare, die Haut, die aus dem Laken hervorschaut, die Schulter, die Unvollkommenheiten, den Fuß, der nicht bedeckt ist, wie Miriam die Zehen bewegt.

Er mustert das Zimmer, die Pastellfarben, das Rosa des Schranks, das Weiß des Bettes, das Licht, das zum Fenster hereinfällt, von draußen kommen Geräusche, das Reden der Leute auf der Straße vor dem Fotogeschäft, Autos, die beschleunigen und bremsen, die Fotos auf dem Nachttisch und die an der Wand: Miriam im Tennisdress, lächelnd, den Schläger in der Hand, Miriam als Kind, im Schnee, dick eingemummt auf den Schultern ihres Vaters, daneben die Mutter, die ihn auf die Wange küsst.

Pietro fragt, wann ihre Eltern zurückkommen, sie erwidert, sie hätten noch Zeit, er sagt, er wolle ausgehen, eine Zigarette rauchen, in die Bar gehen. Miriam hebt den Kopf und schaut ihn an, Pietro ist zum Fenster gewandt, betrachtet das Foto.

Wenn du willst, kannst du hier rauchen, wir machen das Fenster auf.

Nein, ich will raus, ausgehen, antwortet er, ohne sie anzusehen, mit dem Rücken zu ihr, den sie streichelt und küsst.

Na gut, ich stecke die Laken in die Waschmaschine, und dann gehen wir.

Schweigend ziehen sie sich an, wortlos, Pietro schaut Miriam nicht an, sie dagegen fixiert ihn, während er aufhört, nackt zu sein, dann lächelt er sie an und küsst sie auf die Wange, sagt Danke zu ihr, und sie schüttelt den Kopf.

Auch draußen schweigen sie noch, nebeneinander auf dem Gehsteig, gehen unter den fallenden Blättern, die allmählich die Straße bedecken, nah an den Zäunen der Häuser entlang, an den Hunden vorbei, die bellend durch die Gärten rennen, unter der Sonne, die in den Augen schmerzt.

Miriam will Pietros Hand nehmen, doch er zieht sie weg und schiebt sie in die Tasche, ohne etwas zu sagen, ohne zu lächeln.

In der Bar riecht es nach abgestandenem Rauch und nach Halbwüchsigen, man hört die Geräusche der Videogames, das Geschrei der sich drängenden Jungen, das Murren von Bice, die alle kopfschüttelnd betrachtet und sich weigert, ihnen Bier und Campari auszuschenken, weil sie noch zu jung sind.

Es duftet nach einem Herbst, der sich noch nicht durchsetzen kann, nach Sonne, die den Asphalt und die zur Straße hinausgehenden Fenster der Häuser wärmt.

Pietro ist über den Billardstock gebeugt, er zielt auf das Loch ganz hinten, das in der Ecke, er fühlt Miriams Blick im Rücken, den abgebrochenen Zahn, den man sieht, während sie lächelnd mit ihren Freundinnen plaudert, die Röte auf ih rem Gesicht einer Sechzehnjährigen. Er fühlt, wie der Rauch der Zigarette, die er zwischen den Lippen hält, über seine Wangen streicht, in seinen Augen brennt, und hört die Stimme seines Freundes, der an der Wand lehnt und sagt, da ist dein Vater.

Er hebt den Blick zum großen Fenster der Bar, die braunen Vorhänge sind zur Seite geschoben, und sieht die mitten auf der Straße geparkte Ape seines Vaters, sonst sieht er niemanden, nicht einmal seinen Vater, der schon drinnen ist, schon hier. Plötzlich steht er vor ihm, noch im Arbeitsanzug, mit Stiefeln, einer Jeansjacke, Pietro hört, wie er sagt, er solle die verdammte Zigarette ausmachen, ihn am Arm packt und sagt, er solle nach Hause kommen.

Pietro fühlt den Atem seines Vaters über das hypnotische Chaos in der Bar hinweg, die Wut, die zwischen ihnen aufsteigt.

Einige Sekunden, die viel länger wirken, starren sie sich an, die Bar rund um sie steht still, die Stimmen schweigen, Bice erhebt sich von ihrem Hocker, als wolle sie einen Schritt tun, dann bleibt sie stehen, alles bleibt stehen. Pietro wünschte, er könnte reagieren, den Billardstock nehmen und ihn auf dem Gesicht seines Vaters zertrümmern, Blut sehen, er wünschte, er könnte ihm wehtun, ohne Schuldgefühle zu haben.

In diesen Sekunden erkennt Ettore seinen Sohn nicht wieder, die Gesichtszüge, die Augen, die denen seiner Mutter so ähnlich sind, die Backenknochen, die denen seiner Mutter so ähnlich sind, die Lippen, der Raum, wo eines Tages vielleicht ein Schnauzbart wachsen wird, die Nase, die seiner eigenen so ähnlich ist, kommen ihm fremd vor.

Gehen wir nach Hause, sagt er.

Pietro dreht sich nicht zu Miriam um, die sitzen bleibt und sich nicht rührt, er schaut seine Freunde nicht an, schaut niemanden an, lehnt den Billardstock an die Wand, senkt den Kopf und sieht die Arbeitsschuhe seines Vaters, betrachtet diese Füße und dann seine eigenen und geht los, an seinem Vater vorbei.

Es ist noch heiß, über die Piazza von Fabbrico streicht ein Wind, der nicht erfrischt und Pietros Haare durcheinanderwirbelt, als er in die Ape seines Vaters einsteigt. Jetzt wird es sehr eng, sie müssen sich unvermeidlich berühren, und Pietro rutscht zur Tür hin, als Ettore nachkommt, sich neben ihn setzt und ihn noch weiter hinüberschiebt.

Ihm wird übel bei diesem Kontakt, diesem Schweigen, dieser Sonne, die einem den Atem nimmt, der sonderbaren Hitze dieses Herbstes. Er öffnet das Fenster und atmet, Ettore startet den Motor und sie fahren heim, ihren Atem hört man nun nicht mehr, nur den Motor und den Wind, der hereinweht.

Fabbrico ist schöner denn je, die Farben der Häuser und des Himmels über ihren Köpfen sind schöner, der Asphalt leuchtet in einem anderen Licht, Pietro fällt sein Großvater ein, der zu ihm sagt, an Tagen wie diesem kommt das Erdbeben.

Schöner sind auch die Farben der Felder, die hinter den Baustellen schimmern, hinter den neuen Vierteln, die hier hochgezogen werden, hinter den Grünanlagen und der riesigen Fabrik, hinter den Hecken und dem Kindergarten, wo die Kleinen immer noch spielen.

Schöner ist auch ihr Haus, als sie davor anhalten und Pietro darauf wartet, dass sein Vater sagt, er solle aussteigen und das Tor öffnen, als sein Vater schweigt, die Ape abstellt und selber aussteigt, während Pietro still sitzen bleibt, auf einmal wieder viel Platz hat und seinen Vater beobachtet, den Rücken, die Arme, die am Tor ziehen und die Luft mit einem metallischen Geräusch erfüllen, dann sieht, wie er umkehrt, mit gesenktem Kopf zurückkommt und die Sonne auf seinen Haaren glänzt, die weiter hinten aufgetürmten Wolken sich auflösen und bedrohlich wieder verdichten. Er sieht, wie Briciola sie schwanzwedelnd erwartet, glücklich, sie wieder heimkommen zu sehen.

Schweigend setzt sich sein Vater wieder ans Steuer, und unterdessen öffnet Pietro auf seiner Seite die Tür, steigt aus und geht zu Fuß durch das Tor, beugt sich zu Briciola, um sie zu streicheln, sich lecken und freudig begrüßen zu lassen.

Ettore fährt die Ape in die Garage, Pietro schaut ihn nicht an, achtet nicht einmal auf den Hund, der sich zu seinen Füßen wälzt, japst und knurrt, schaut zum Himmel, der weit hinten am Horizont immer dunkler wird, sieht das gleichförmige, bleierne, tief hängende Grau, sieht die Blitze, die kommen, ihm ist, als höre er den Donner, spüre die Elektrizität in der Luft; er denkt an Miriam unter ihm, daran, wie sie gesagt hat, er tue ihr weh, wie er sie um Verzeihung gebeten hat, er denkt an ihre glänzenden Augen, daran, dass er sich nicht verändert fühlt, er denkt, ob das wirklich alles ist, denkt, wie sie sich fühlen muss, denkt an das, was sie verloren hat, an das, was sie ihm geschenkt hat, daran, wie es ihm geht, er weiß es nicht.

Er hört, wie sein Vater sich nähert, hört seine Stimme, gib mir die Zigaretten, sagt er.

Er dreht sich zu seinem Vater um, der fröstelnd in einer zu leichten Jacke im Wind steht, da er nicht gemerkt hat, dass es kühl geworden ist, er sieht ihn und denkt an ihn in dem Krankenhausbett, stellt ihn sich vor, wie er sich als Kind an die Stalltüre gekettet hatte, in Tränen aufgelöst wegen seinem Schwein.

Am liebsten möchte er ihm erzählen, was passiert ist, möchte fragen, wie das heißt, was er im Bauch spürt, den Mut haben, ihn zu umarmen, zu drücken, möchte ihm sagen, dass er seine Hilfe braucht.

Er steht auf und schiebt ihm das Päckchen hin.

Es wäre besser gewesen, wenn du mich verlassen hättest, sagt er.

Er blickt seinen Vater an, der nicht reagiert, sich nicht bewegt, er betrachtet seine Augen und sein Gesicht, sieht, dass er schluckt, dass er das Päckchen nicht nimmt, das zwischen ihnen liegt, dass er sagt, du musst den Rasen mähen, bevor er sich umdreht und geht.

Jetzt wendet Pietro den Blick ab, schaut nicht zu, wie sein Vater ins Haus geht, hört ihn, als er sagt, er werde am Abend ausgehen, Pietro werde allein sein, sich selbst um sein Abendessen kümmern müssen, er hört ihn, während der Donner kracht mitten in diesen Wolken, die jetzt ganz tief über ihnen hängen, über Fabbrico.

Er hört, wie sein Vater sich wäscht und ankleidet, er sieht, wie er sich im Spiegel begutachtet, er hört, wie er sich fertig macht, er sieht, wie er auf den Speicher hinaufgeht, wie er wiederkommt, in eine Jacke schlüpft, die er noch nie an ihm gesehen hat, er beobachtet, wie er sich kämmt, die Frisur zerzaust, das Hemd zurechtrückt.

Er fragt ihn nichts, sie wechseln kein Wort.

Draußen regnet es weiter, ins Haus dringt das Geräusch des Wassers, das auf den Asphalt klatscht, aufs Dach, auf den durchnässten Boden, auf die Bäume und die Magnolie, die in der Mitte des Gartens wächst, auf den Rasen, den Pietro gemäht hat.

Sie verabschieden sich nicht, als Ettore das Haus verlässt.

Pietro öffnet die Tüte, die sein Vater für ihn im Kühlschrank deponiert hat, verschließt sie wieder und lässt sie liegen, setzt Wasser auf, um sich eine Pasta zu kochen, schneidet ein paar Scheiben Salami ab, isst bei laufendem Fernseher, ohne hinzuschauen, nur, weil sein Vater ihn immer aus haben will, er hört sich nicht die Lokalnachrichten an, wechselt den Kanal nicht, der bei ihnen immer eingestellt ist.

Starr schaut er das Bild an, das sie als Kind von ihm gemacht haben, sucht nach Ähnlichkeiten mit seinen Eltern, sieht in diesen präzisen, realistischen Zügen die Augen seiner Mutter, das hofft er.

Die Nase ist die seines Vaters, auch die Haare, die Augenbrauen, er fragt sich, wann sie wohl beginnen, ihm auszufallen, ob er dann verheiratet ist, eine Familie hat, ob Miriam ihn dann auch ohne Haare noch liebt, alt und mit Glatze. Ob er sie noch lieben kann, wenn sie altert.

Er fragt sich, ob er es schaffen wird, zu bleiben.

Er räumt ab und geht in sein Zimmer hinauf, draußen regnet es weiter, er fragt sich, wo sein Vater ist, mit wem, was er macht, schlägt das Buch auf, das er gerade liest, nimmt das Foto seiner Mutter, das er als Lesezeichen benutzt, betrachtet es, streichelt es, er kann sich nicht aufs Lesen konzentrieren, kann nicht einschlafen, liest eine SMS, die Miriam ihm geschickt hat, weiß nicht, was er antworten soll, möchte ihr schreiben, dass sie sich morgen wieder treffen sollen, möchte zu ihr gehen, mit ihr einschlafen, den Kopf auf ihren Bauch legen, sie küssen, das Muttermal küssen, das sie unter der Achsel hat, er möchte, dass sie ihm über die Haare streicht, dass sie ihm etwas zu essen macht, und kann nichts anderes tun als da auf dem Bett liegen und an die Decke starren, sich hin- und herwälzen.

Ein durchdringender Schrei, der von draußen kommt, weckt ihn, ruckartig springt er auf, greift nach dem Baseballschläger, der an einer Schlaufe an seiner Zimmertür hängt.

Im Gang trifft er seinen Vater, der die Tür zu seinem Schlafzimmer schließt, während er sich einen Pullover über die Trainingshose zieht, sie sehen sich wortlos an, verständigen sich mit den Schultern, mit den Augen.

Sein Vater führt ihn ins Wohnzimmer, legt ihm eine Hand auf die Schulter, warm und tröstlich; Pietro bleibt wartend stehen, als Ettore sich bückt, um eine Taschenlampe mitzunehmen, die Schreie halten an, Briciola bellt verzweifelt, es scheint, als hätte es zu regnen aufgehört.

Sie ziehen Schuhe an und laufen hinaus, hasten keuchend die Treppe hinunter, Pietro hinter seinem Vater, und an der frischen Luft frösteln sie in der Dunkelheit des Hofs, im trüben Licht, das von den Straßenlaternen herüberkommt, in der Kühle dieser Nacht, im Geruch nach Regen und Asphalt.

Der Himmel ist hell vom Mond, verborgen hinter einer Wolke, die reglos über ihren Köpfen steht, und hier und da blinkt ein Stern, die Schreie sind jetzt hoch und schrill, klingen menschlich, wie von einem Kind.

Sie tauschen einen Blick, nicken, Briciola kommt zu ihnen und setzt sich, da vor der Tür, legt sich hin, den Kopf auf den Vorderpfoten, die Augen irgendwie schuldbewusst. Vater und Sohn machen sich zur Rückseite der Werkstatt auf, von wo immer noch dieses Geräusch herkommt, dieses Weinen, sie sind jetzt vorsichtig, Ettore geht voraus, Pietro hinter ihm, auf dem Boden voller Pfützen schleichen sie durch das nasse Gras, der Vater jetzt vorn, den Kopf eingezogen zwischen den Schultern, die gebeugt und schwer sind.

Als sie um die Ecke biegen, ist das Weinen schwächer geworden, klingt nun kläglich in dem Wind, der aufgekommen ist und den Himmel leer fegt, den Halbmond befreit, einen Mond, der ein unförmiges Etwas beleuchtet, das sich bewegt, sich vorwärtsschleppt.

Es ist eine Katze, die Vorderpfoten krallen sich in das Gras, in die Erde, die Hinterpfoten zeigen zum Himmel, das Rückgrat gebrochen, aus dem Maul, aus dem immer noch Klagelaute kommen, läuft ein Blutfaden, der zuerst im Licht der Sterne und dann der Taschenlampe glänzt.

Pietro dreht sich zum Haus um, weg von dem sinnlosen Leiden dieses Tiers, dreht sich um zu dem Teil des Hauses, den man von dort sieht, das Fenster des Zimmers seines Vaters, das Licht der Nachttischlampe, die Ettore angelassen haben muss, er dreht sich um zu der Silhouette einer Frau, die da drinnen steht.

Sie fällt ihm auf, als ein Blitz die Ruhe des Himmels zerfetzt, der wolkenlos wirkt, als es wieder zu regnen anfängt und Pietro nicht begreift, woher diese Tropfen kommen, dieser unvermutete Wind und dieser Blitz, der alles taghell erleuchtet.

Er blickt zum Himmel, jetzt ist plötzlich alles wieder von Wolken bedeckt, die mitten in diesem Gewitter funkeln, im Licht der weißen Blitze und im Geräusch des Regens, der auf sie herunterrauscht, auf die Katze, auf die Fensterscheibe, hinter der noch immer die Frau steht, doch ihr Gesicht, ihren Ausdruck kann er nicht erkennen, er sieht die Haare, die glatt sind, sieht etwas, das einem Lächeln gleicht, die weißen Zähne.

Er wischt sich das viele Wasser aus den Augen, weiß nicht mehr, was wahr ist und was nicht, ob sein Vater wirklich da steht, ob da wirklich diese Katze ist, die immer noch miaut und jammert, ob diese Frau, die die Hand zu heben scheint, als winkte sie ihm zu, wirklich da ist, ob es Fabbrico und Miriam wirklich gibt.

Er hofft, dass alles explodiert, dass sich die Erde auftut und sie verschlingt, die Katze verschlingt, ihr Haus verschlingt, sie beide da mitten im Regen verschlingt, mitten in diesem Donner, der nicht aufhört, dass sie Fabbrico verschlingt und seine Mutter, wo immer sie gerade sein mag.

Jetzt hat Pietro Angst, er hat Angst und möchte sich zu seinem Vater umdrehen, ihn fragen, ob auch er diese Frau sieht, fragen, wer sie ist, ob sie seine Mutter ist, fragen, warum sie da steht, warum sie ihn denn nicht begrüßt hat; aber er starrt nur wie angewurzelt auf diese Silhouette, die verschwindet, als ein Blitz über den Himmel zuckt und irgendwo in der Nähe einschlägt und im ganzen Umland nachhallt, als die Lichter ausgehen, alle, die der Straßenlaternen, die in den anderen Häusern, die im Schlafzimmer, als nur noch die auf die Katze gerichtete Taschenlampe brennt, und die Stimme seines Vaters zu ihm sagt, tötest du sie?

# SIEBEN

ER HAT DEN GANZEN TAG GESCHLAFEN, hat nicht zu Mittag gegessen, ist vor einem dieser Nachmittagsfilme erneut eingeschlafen, und jetzt flimmern Cartoons über den Bildschirm, die er schon als Achtjähriger nicht mehr mochte. Er hört, wie sie zurückkommt, ins Schlafzimmer geht, er hört, wie sie ihre Arbeitskleidung auszieht.

Er weiß, dass Miriam nun duschen wird, dass ihr der Job nicht gefällt, dass sie sich nach der Arbeit schmutzig fühlt und es kaum erwarten kann, sich gleich nach dem Heimkommen zu waschen. Er stellt sich ihren Gesichtsausdruck vor, nebenan im Schlafzimmer; sie sind ja nur wenige Meter voneinander getrennt, aber es gefällt ihm, sie sich vorzustellen, mit müdem Gesicht, in Gedanken noch beim Geschrei des Chefs, seinen Stimmungsschwankungen, den Missverständnissen mit den Kollegen.

Er stellt sich vor, wie sie nackt aus dem Zimmer tritt, hört die Schritte auf dem Fußboden, dann sieht er sie, da vor ihm, angezogen, und beobachtet, wie sie die Tür zum Badezimmer öffnet und hinter sich zumacht, hört das Geräusch der Dusche.

Er erhebt sich vom Sofa, zieht sich aus, wirft die Hose auf den Boden, samt Unterhose und T-Shirt, die er als Pyjama trägt, geht ein paar Schritte, kehrt dann um und sammelt die

Kleider schnaufend ein, faltet sie und legt sie ordentlich auf die Sofalehne.

Unterdessen hört er, wie hinter der Badezimmertüre das Wasser rauscht, er weiß, dass sie länger unter dem siedend heißen Strahl stehen wird als zum Waschen nötig, er stellt sich ihre Haare vor, unter der fuchsienroten Badehaube versteckt, damit sie nicht nass werden, das Wasser auf ihrem Hals, wie es den Rücken hinunterrinnt, über die Schultern, wie es um den Bauchnabel kreist und einen winzigen Wirbel erzeugt, bevor es ihr über Leisten und Schenkel läuft. Schon erregt, öffnet er lächelnd die Tür, schiebt den Duschvorhang beiseite, betrachtet ihren Rücken, die Schultern, die von dem heißen Schwall gerötete Haut, betrachtet die Linien, die Grübchen am Ende des Rückens, die Wirbelsäule. Die Hände an die Wand gestützt, steht sie da, den Blick gesenkt, mit geschlossenen Augen.

Das Wasser spritzt auf ihn und sie merkt es, dreht sich um, fragt ihn, was er da wolle, sagt, er solle den Vorhang zumachen, es komme kalt herein, sie müsse sich entspannen.

Geh weg, sagt sie zu ihm.

Pietro antwortet nicht und umfasst ihr Gesicht mit den Händen, um sie zu küssen, sie sagt Nein, sie habe keine Lust, sie wolle allein sein.

Hör auf, sagt sie zu ihm.

Er macht schweigend weiter, fährt mit den Händen über ihren Körper, während sie ernst ihr Nein bekräftigt.

Drüben, in dem, was sie Wohnzimmer nennen, zieht er sich wieder an, schaltet auf einen anderen Kanal, wartet, bis sie schon angezogen aus dem Bad kommt, ihn nicht ansieht, nichts als Gleichgültigkeit zeigt.

Er weiß nicht, was er tun oder sagen soll, sitzt einfach da und zappt durch die Programme, drückt wahllos mit dem Finger die Tasten der Fernbedienung, die Ohren gespitzt, um die Geräusche zu hören, die aus dem Schlafzimmer kommen, bei geschlossener Tür.

Dann steht er vom Sofa auf, geht hin und legt sein Ohr an die Mattglasscheibe, er lauscht und hört nichts, sieht nur das Licht brennen, hebt die Hand, um zu klopfen, um zu fragen, ob er hereinkommen darf, um sich umarmen zu lassen.

Er denkt wieder an Miriams Ausdruck unter der Dusche, an diesen entschlossenen Blick, an das Nein, an den Schaum, der ihre Brust, ihren Bauch bedeckte, an den geröteten Hals, das blassere Gesicht. Daran, wie viel sie unter diesem Wasserschwall schon gelacht haben, daran, wie sie einmal ausgerutscht sind und er sich das Knie verstaucht hat, an ihre Art, darüber zu reden, sich manchmal vor dem Einschlafen daran zu erinnern, bei einem Film oder wenn sie abendfüllende Fußballspiele im Fernsehen über sich ergehen lässt.

Die machen sich bestimmt nicht das Knie kaputt, wenn sie unter der Dusche vögeln, sagt sie manchmal zu ihm.

Pietro geht wieder zurück aufs Sofa vor den Fernseher, es gibt eine Sendung über ein Tierheim, Welpen mit traurigen Augen. Er schaut auf die Wanduhr, wie spät es ist, eine Mickymaus-Uhr, die Miriam unbedingt hatte kaufen wollen auf einem Flohmarkt, wo sie ihn hingeschleppt und er sich tödlich gelangweilt hatte, er lächelt und steht auf.

Er macht sich zurecht, um zur Arbeit zu gehen, schlüpft

wieder in die Kleider vom Vortag, hofft, dass es niemand bemerkt, dass ihn niemand fragt, warum er denn nicht etwas anderes angezogen habe.

Fast drei Jahre leben sie nun schon zusammen, drei Jahre seit jenem Tag, an dem sie zusammen im Bett gefrühstückt und aus derselben Kaffeetasse getrunken hatten, nicht in der jetzigen Wohnung, sondern in der, wo er damals wohnte und wo sie ihn an den Wochenenden besuchte. Die Mitbewohner schliefen noch an jenem Morgen, er hatte die Rollläden hochgezogen und den strahlend blauen Tag gesehen, die Sonne leuchtete auf den Dächern, auf dem Taubendreck in den Nischen der Häuser gegenüber.

Er hatte sich noch nicht an die Farben der Stadt gewöhnt, sie kamen ihm anders vor, irgendwie plastisch: Manchmal gab es Sonnenuntergänge, die waren wie zum Anfassen, dachte er, hätte er einen Finger ausstrecken und über diese Schattierungen von Violett und Orange streichen können, wäre der Finger fleckig geworden.

Alles schien lebendig, auch die Verschmutzung, der Verkehr, auch die Gerüche nach Müll und den Abgasen der Autos, die an den Ampeln hupten. Miriam meinte spöttisch, er käme ihr vor wie der Protagonist eines alten Films, in dem ein Bauer in die Stadt zieht und sich nicht eingewöhnen kann.

Sie hatten sich an jenem Morgen geliebt, und es hatte Pietro befremdet, dass Miriam ihn an den Haaren gepackt, ihn in den Hals gebissen, ihm den Rücken zerkratzt hatte, aber hinterher hatte er den Eindruck, ihre Augen wären feucht und sie kämpfte mit den Tränen.

Er hatte sie nichts gefragt, war aufgestanden und hatte ihr den Kaffee ans Bett gebracht.

Sie hatten sich angezogen, sich auf dem Gehsteig an der Hand gehalten, während sie an der Ampel warteten, dem gedämpften Lärm zuhörten, der sie umgab, den Rufen der Ladenbesitzer vor ihren Schaufenstern.

Es gab Bäume, die aussahen, als stünden sie zufällig da, die Blätter grün und krank, feiner als die, die er kannte.

Sie waren schöner, genau wie die großen Mietskasernen, die ihm wie Wolkenkratzer vorkamen, die Tristesse dieser immer gleichen Fenster, die früher farbig umrandet waren, um gemütlicher zu wirken, und auch die bröckelnden Fassaden, denen die Abnutzung und die Zeit zugesetzt hatten, waren schöner, gewissermaßen realer, echter, selbst die Farben der sie bedeckenden Graffiti wirkten echter.

Vorwiegend handelte es sich um unverständliche Schriftzüge, Wörter, geformt aus lang gezogenen Buchstaben, die sich über häufig apokalyptische Bilder schlängelten, Bombenexplosionen und zerstörte Städte, Buchstaben, die in Schieflage einen Anspruch auf Tiefe erhoben, Schriftzüge, die ihm komplexer und sinnvoller erschienen als die auf den Mauern seines Dorfes, nachdrücklicher, glaubwürdiger.

Sie hatten sich unterhalten und einander zugehört, waren Leuten begegnet, die ihre Hunde ausführten, Alten, die in der Mitte trostloser Parkplätze auf Bänken saßen. Miriam erzählte ihm, was in Fabbrico los war, den Klatsch, die tödliche Langeweile des Lebens in der Provinz, die verkehrsberuhigte Piazza, die Demonstration der Ladenbesitzer vor dem Rathaus, dass jemand Bananenschalen im Eingang der Kommune verstreut hatte, sie fragte, ob er an Weihnachten und zum Fest am 27. Februar nach Hause käme.

Beim Erzählen fuhr sie sich ab und zu spielerisch mit der Zunge über den abgebrochenen Zahn, während er auf den dreckigen Gehsteig starrte, auf das Unkraut und die Blumen, die in den Ritzen des Belags wuchsen, der gar kein Asphalt zu sein schien.

Pietro hatte angefangen, ihr von den Vorlesungen an der Uni zu erzählen und wie er sich dabei fühlte, und ihr zu erklären versucht, dass er spürte, wie er nach und nach alle Zusammenhänge begreifen würde.

Er hatte nie ihre Hand losgelassen, nicht einmal, als sie in die U-Bahn hinuntergingen und ihnen Leute entgegenkamen oder langsamer gingen, nicht einmal, als er gezwungen war auszuweichen, um nicht mit dieser unbekannten, verführerischen Menschenmasse zusammenzustoßen.

Sie waren in den Zug gestiegen, hatten Sitzplätze gefunden, er hatte ihr den Arm um die Schultern gelegt und sie an sich gedrückt und auf die Haare, die Wange und die Nase geküsst, sie hatte mit der Hand ihre Nase gerieben und gefragt, was denn los sei.

Du bist komisch.

Nichts, hatte er erwidert, alles ist gut.

In der U-Bahn hatten sie aus dem Fenster geschaut, auf die Dunkelheit im Tunnel und dann die künstliche Helligkeit in den Stationen, wenn sich die Türen öffneten. Pietro zwang sich immer noch, niemanden anzuschauen, er wollte sein Staunen nicht zeigen, seine Verwunderung über die Menschen, die so anders, so exzentrisch waren, seine Freude darüber, sich zwischen all diesen Leuten zu befinden, die in den Zähnen stocherten, Ohrringe an Stellen trugen, die er nicht für möglich gehalten hätte, und absurd gefärbte Haare hatten, so bunt gemischte Menschen neben diesen anderen, graueren Leuten, elegant, gleichgültig, mit ihren Aktenköfferchen und dem Zwang, ständig auf die Uhr zu schauen.

Er wollte sich tarnen, als einer gesehen werden, der er nicht war, ein Städter, gewöhnt an die Andersartigkeit. Er dachte an seinen Vater, an die Ape, lächelte bei der Vorstellung, ihn in diesen Straßen herumfahren zu sehen.

Oben an der Treppe hatte die Sonne sie geblendet, er hatte seine Augen mit der Hand abgeschirmt und Miriam hatte ihre geschlossen, einen Moment waren sie so stehen geblieben, bis sich der Blick an das Licht dieses Tages gewöhnt hatte.

Es gehörte zu ihren Ritualen, zu warten, bis das Viertel sich allmählich zeigte, dazustehen und zu überprüfen, ob alles noch an seinem Platz war, denn sie hatten immer das Gefühl, dass sich alles ändern könnte, dass die Stadt unablässig in Bewegung war, sich ständig weiterentwickelte.

Sie waren froh, den Zeitungskiosk wiederzuerkennen, den jungen Blumenverkäufer dort auf dem kleinen Platz mit dem Taxistand, die Straßenbahnhaltestelle und die Geräusche. Es war herrlich, wie unterschiedlich dieselbe Stadt von einem Ort zum anderen wirkte, die Strecken schienen ihm unendlich weit, die Viertel so charakteristisch, dass er sie instinktiv als die Arme, die Beine, die inneren Organe ein und desselben Organismus empfand.

Es gab alte Palazzi und Blumen an den Fenstern, breite Straßen, in deren Mitte Bäume wuchsen, es roch nach Essen, nach Menschen, nach dem Frühling, der seit Wochen keinen Tropfen Regen zugelassen hatte.

Hier umgab sie eine ganz andere Farbe als dort, woher sie kamen, heller, stärker auch die Schatten in den Gärten, eine Helligkeit, die der Angst nicht einmal im Dunkeln Raum ließ, eine Luft, die die Lungen mit Möglichkeiten erfüllte.

Sie waren lange gelaufen, waren über gelb blinkende Ampeln gerannt und waren Menschen gefolgt, die es nicht eilig hatten. Sie hatten in die Fenster im Erdgeschoss gespäht, die geschlossenen Büros gesehen, jemanden, der etwas kochte, und eine Frau, die ein Lied sang, ein Kind, das auf dem Sofa saß und fernsah. Sie hatten vierspurige Straßen überquert, waren hupenden Autos ausgewichen, hatten gelacht und sich an der Hand gehalten und sich an roten Ampeln geküsst.

Pietro hatte Miriams Hand losgelassen, hatte den Schritt beschleunigt, und sie hatte gelächelt, er betrat gern als Erster den Palazzo, der ihr Geheimnis war, lief auf den Steinplatten durch den Gang, der in einen efeuumrankten Innenhof mit Beeten und Primeln und süßen, farbigen Düften mündete.

Innen, im blauen, von Dächern eingerahmten Rechteck des Himmels, hatte er sich auf die eiserne Bank gesetzt, hatte auf sie gewartet und dabei den Kopf auf die Rückenlehne gestützt.

Er hatte ihre Schritte gehört und mit geschlossenen Augen ihr sich näherndes Parfüm wahrgenommen, hatte gespürt, wie sie ihn auf die Wange küsste und sich dann neben ihm ausstreckte und den Kopf auf seine Beine legte. Ein paar

Sekunden hatten sie geschwiegen, in der Stille des Innenhofs, im Sonnenschein, der die Efeublätter rundherum grün leuchten ließ, dann hatte er sich eine Zigarette aus der Hosentasche geangelt, sie hatte sich aufgesetzt, er hatte den Rauch ausgestoßen, hatte sie angelächelt und sich zu ihr gebeugt, um sie zu küssen.

Sie hatte ihm die Hand auf die Brust gelegt, die Augen feucht wie an jenem Morgen.

Warte, hatte sie gesagt, ich muss dir was sagen.

Pietro hatte gewartet, bis sie aufhörte, mit der Zunge an ihrem abgebrochenen Zahn zu spielen, bis sie die richtigen Worte gesucht und gefunden hatte, er hatte weitergeraucht und sich auf die Steine, auf die Beete, die Blumen und den Efeu konzentriert, der an diesen Mauern hinaufkletterte, auf eine Amsel, die sich nicht um ihre Anwesenheit scherte.

Er hatte ihre Schwierigkeit gespürt, ihren Duft in der Nase.

Er hatte gedacht, sie wolle ihn verlassen, sie habe sich in einen anderen verliebt, und hatte geschwiegen, an seinen Vater gedacht und daran, dass es schon drei Monate her war, seit er ihn zum letzten Mal gesehen hatte.

Bei dem Gedanken, keine Bindungen mehr zu haben, wenn nun auch Miriam ihn verlassen würde, hatte er gelächelt dort auf der Bank, dann würde er keine Wurzeln mehr haben.

Noch immer lächelnd, hatte er sich zu ihr umgedreht, ihr Profil und ihre gesenkten Augen betrachtet, als sie zu ihm sagte, dass es schön wäre, im nächsten Jahr zusammenzuziehen, wenn sie sich an der Universität einschrieb.

Jetzt betritt er den Pub, und Riccardo mustert ihn und schüttelt den Kopf. Pietro sagt nichts zu ihm, geht zur Garderobe und bindet sich die Schürze um, beginnt zu arbeiten, nimmt Bestellungen auf, zapft Biere und serviert Hamburger auf immer zu vollen Tabletts, scherzt mit den Gästen, denkt an Miriams Gesicht, an ihre Züge, an den unmissverständlichen Blick, mit dem sie ihn aus der Dusche vertrieben hatte, an das Zusammenleben mit jemandem, den man selbst nach drei Jahren noch nicht ganz kennt.

Riccardo ermahnt ihn, wach auf, sagt er zu ihm und deckt ihn, wenn er sich im Tisch irrt, Sachen vergisst; in einer Pause legt er ihm die Hand auf die Schulter, fragt, was er denn habe, und Pietro antwortet nicht und arbeitet wortlos weiter.

Nach der Arbeit treffen sie sich draußen zum Rauchen, die Straße ist menschenleer, abgesehen von Taxis und ein paar Leuten, die warten. Riccardo versucht es jedes Mal, Pietro lehnt immer ab, ich habe doch aufgehört, ich will keine Zigarette von dir, Riccardo zündet sich eine an und sagt, dass sie jetzt auf ein Fest gehen.

Du siehst aus wie einer, der ein Fest braucht.

Da hast du wohl recht, erwidert Pietro.

Sie gehen durch das Dunkel der Stadt, begegnen Gruppen, die Arm in Arm singen, grölen und lachen, auch sie singen und grölen, und jetzt, unterwegs, erzählt Pietro Riccardo von Miriam, spricht über das Zusammenleben, die Zweifel, das Gesicht, die Gleichgültigkeit an diesem Nachmittag, die Tatsache, dass sie die Erste ist, bei der er sich sicher und aufgehoben fühlt. Riccardo bleibt stehen, und Pietro dreht sich um, sie sehen sich an, und die Stadt schweigt, abwartend, gespannt.

Liebst du sie, fragt er ihn.

Und Pietro dreht sich zur Straße hin, zu den Bäumen, den orangefarbenen Blättern und dem Chaos, das aus den geöffneten Fenstern über ihnen kommt; mitten auf diesem Gehsteig denkt er darüber nach, warum er und Miriam zusammen sind, er wippt mit den Füßen, fragt sich, ob der Grund ist, dass er keine Mutter gehabt hat, seine Angst, niemanden mehr zu finden, dass ihn niemand will, und denkt, dass er jetzt doch gern eine Zigarette hätte.

Woher soll ich das wissen, antwortet er.

Sie drücken auf eine Klingel und gehen in einem alten Mietshaus mit umlaufenden Balkonen lachend die Treppe hinauf, der Abend duftet, und aus der Wohnung, die sie jetzt betreten, hört man Gesang. Eine Wohnung voller Leute, die Pietro noch nie gesehen hat, alle lächeln ihn an, klopfen ihm auf die Schulter, Mädchen küssen Riccardo auf die Wange, umarmen ihn, drücken ihn, jemand sagt ihm, er freue sich sehr, dass sie gekommen sind.

Aus Plastikbechern trinken sie Bier und Cocktails, bewegen sich in einem rötlichen Licht durch die Räume, und es riecht nach Haschisch, man hört Gelächter und diesen Song der Blues Brothers, der gerade anfängt.

Pietro tanzt mit einem Mädchen, das ihn an der Hand nimmt, er weiß nicht, wie sie heißt, und es interessiert ihn auch nicht, er hält sie an den Fingern, sie ist leichtfüßig, er lässt sie Pirouetten vollführen, sie hüpfen, drücken sich und lachen, als sie mit ihren langen, nach Rauch duftenden Haaren sein Gesicht peitscht.

Als der Song zu Ende ist, sind sie außer Atem, und Riccardo ruft ihn aus dem Zimmer heraus. Sie weichen Leuten aus, die sich im Flur drängen, die vor der Toilette Schlange stehen, die sich an die Wand gelehnt küssen.

An der Decke in der Küche hängt eine nackte Glühbirne, die jemand rot angemalt hat, die Luft ist elektrisiert, ein Junge, der auf dem Boden sitzt, klimpert an den Kühlschrank gelehnt auf einer Gitarre, zwei andere starren auf einen leeren Teller, den sie bei kleinster Flamme auf dem Herd erhitzen, Riccardo winkt dem Mädchen, sich auf einen der freien Stühle zu setzen, Pietro verneigt sich vor ihr und sagt, ich werde dich Gaia nennen, sie lacht und er lacht auch.

Gaia hatte er auf dem Gymnasium kennengelernt. Er hatte sich gemeldet und um Erlaubnis gebeten, aufs Klo zu dürfen, war hinausgegangen, hatte durch die Fenster im Flur die Straße betrachtet, war vor dem Kaffeeautomaten stehen geblieben, hatte gewartet, bis die beiden Lehrer sich bedient hatten, sie hatten ihn nicht beachtet, nichts gesagt.

Mit einer Grimasse hatte er seinen Kaffee ausgetrunken, war in der Toilette verschwunden, die sie stillschweigend das Raucherklo getauft hatten, und hatte sich eine Zigarette angezündet. Er hatte das Fenster zum Hof geöffnet, mit Blick auf die abgestellten Fahrräder, die Skooter, den Fußballplatz hinter der Turnhalle, das Grün des Grases, das an diesem Oktobertag unter riesigen weißen Wolken leuchtete, und davor die schief wachsenden Bäume, deren Blätter gelb zu werden begannen. Er hatte sich gefragt, warum er rauchte.

Mit hochgeschobenen Ärmeln hatte er dagestanden, auf

das Fensterbrett gestützt. Als sie hereinkam, hatte Pietro sie nicht gehört, gehört hatte er das Geräusch des Feuerzeugs und des ausgestoßenen Rauchs.

Er hatte sich umgewandt und sie gesehen, die Augen vom Weinen gerötet, hohe, vorstehende Wangenknochen, die Lippen zum Schmollmund gekräuselt. Er hatte gesehen, wie sie sich an der Wand hinuntergleiten ließ, sich auf den Boden setzte, aus dem Spiegel verschwand, in dem er sie beobachtete. Er fürchtete sich davor, ihren Augen zu begegnen, ohne dass eine Fläche sie trennte.

Willst du ein Foto, hatte sie ihn gefragt. Ihre Stimme klang seltsam, tief, zittrig.

Das ist das Männerklo, hatte er gesagt.

Störe ich dich?

Nein, vielleicht wusstest du es nicht.

Danke, Bauernlümmel.

Entsch...

Ich, ich bin von hier. Für wen hältst du mich, verdammt noch mal?

Entschuldige.

Nein, ich muss mich entschuldigen. Scheißtag heute.

Tut mir leid.

Schluss mit Leidtun. Lass es sein.

Entschuldige.

Ich heiße Gaia, und du?

Pietro.

Okay, ciao Pietro. Jetzt gehe ich, die Scheißdrogenabhängige muss zurück in den Stall.

Ciao.

Wir sehen uns.

Er hatte zugeschaut, wie sie aufstand, sich durch die Haare fuhr, hatte ihre Ohren, ihre Finger, ihr Profil betrachtet, hatte gesehen, wie sie hinausging, vorbei an dem Schild, auf dem stand, KEINE KIPPEN AUF DEN BODEN WERFEN. Sie hatte die Zigarette zu Ende geraucht und auf dem Fußboden ausgetreten.

Auf dem Fest an Weihnachten hatte er sie wiedergesehen, sie trug eine weiße Bluse und Hosenträger, befestigt an einem grauen Rock, dazu rote Schuhe, rot wie die Unterwäsche, die man im Flackern der phosphoreszierenden Lampen aufblitzen sah. Er hatte ihren Blick in seinem Rücken gefühlt, hatte sich umgedreht und war Gaias Augen begegnet, während sie von der kleinen Couch aufstand, auf der sie gesessen hatte; er hatte gesehen, wie sie durch die Menge ging, die sich, so schien ihm, bei ihrem Vorübergehen öffnete, er hatte seine Haare zurückgestrichen, die zu schwitzen begonnen hatten, unfähig, den Blick von dem ihren abzuwenden, der, hatte er gedacht, dem seiner Mutter glich.

Die Musik hatte geschwiegen, alles war still, und die Lichter beleuchteten nur sie beide, als sie voreinander standen, sie sich auf die Zehenspitzen stellte, ihn auf die Wange küsste – ihr Atem roch nach Alkohol – und zu ihm sagte, ciao.

Den ganzen Abend hatten sie dann geredet, einander Dinge anvertraut, die sie noch nie jemandem gesagt hatten, und weiter getrunken, sich berührt und so getan, als wäre es zufällig.

Er hatte ihre Hände betrachtet, ihr Gesicht, das Lächeln,

die Wangenknochen, und sie hatte so getan, als sei nichts dabei, als er ihr das Haar hinters Ohr zurückstrich, sie hatte ihm nicht geantwortet, als er sie fragte, warum sie denn an jenem Morgen dort im Klo geweint hätte, komm, hatte sie gesagt, ich zeig dir was.

Sie hatte ihn an der Hand genommen und durch die Menge geführt, die das Lokal bevölkerte, Richtung Toilette, dort hatten sie gewartet, dass frei würde, und sich weiter aus nächster Nähe angesehen, fast Nase an Nase, und ihr Atem roch nach Zigaretten.

Pietro hatte sie geküsst und sich küssen lassen, bis sie gesagt hatte, er solle hineingehen, und drinnen, er solle die Türe schließen. Er hatte gehorcht, sich umgedreht und gesehen, wie sie ein durchsichtiges Tütchen aus der Handtasche zog und ihm befahl, eine Karte und einen Geldschein zu suchen. Wieder hatte Pietro gehorcht, und er würde für immer gehorchen, er hatte zugesehen, wie sie ihm die Karte aus der Hand nahm, ihm sagte, er solle den Geldschein zusammenrollen, und das Pulver auf den Spülkassen des Klos streute, zwischen den weißen Kacheln und den überall hingekritzelten Telefonnummern.

Das ist das erste Mal, stimmt's, hatte sie ihn gefragt.

Pietro hatte bejaht, und dann hatte er es ihr nachgemacht, hatte wie sie jede Linie hin und her durch die Nase gezogen.

Vögle mich, hatte Gaia zu ihm gesagt, während sie ihre Strumpfhose herunterzog.

Sie hatten es im Stehen getan, sie hatte sich zur Wand gedreht, er hatte sie an den Haaren gepackt, auf den Hals geküsst, ihr die Finger in den Mund gesteckt, den Busen gedrückt und sich heftig in ihr bewegt, bis sie wimmerte, er solle nicht kommen, sie wolle ihn in den Mund nehmen.

Für Pietro war alles fantastisch gewesen, das Herz, das wie wild klopfte, die Zunge und die Lippen, die er nicht spürte, die betäubt waren, das Licht in der Toilette, das sich spiegelte und greller wurde, und Gaia war fantastisch, als sie sich hinkniete, ihn leckte und schluckte und lachte und immer weiter lachte, während er ihren Kopf hielt und sich seinem Orgasmus überließ.

In ihre Mäntel eingemummt hatten sie das Lokal verlassen, um eine Zigarette zu rauchen, der stammt von meinem Großvater, hatte er gesagt, als sie ihn aufzog, weil seine Ärmel zu kurz waren, bevor sie dann vor einem Hauseingang stehen blieb und ihn zu ihren leicht geöffneten Lippen herunterzog.

Er hätte ihr gern noch länger die Hand gehalten, ihr etwas gesagt, ihr erklärt, wie er sich fühlte, mit ihr über Musik gesprochen, über seine Lieblingsgruppen, ihr die Songs vorgespielt, die er vor dem Einschlafen hörte, er hätte sie gern umarmt, für immer ihren Geschmack auf seinen Lippen gerochen, ihr von seiner Mutter erzählt.

Er hatte sie nur gefragt, wann sie sich wiedersehen könnten.

Sie hatte ihn angeschaut und gelächelt, hatte sich wieder auf die Zehenspitzen gestellt, sein Ohrläppchen zwischen die Lippen genommen und geflüstert, sie fahre nach Madrid, sie ziehe dorthin um, für immer.

Jetzt holt er die Brieftasche heraus, während einer der beiden Jungen das Kokain auf den Teller leert und Pietro den weißen Block mit seiner Gesundheitskarte zerstückelt und zerdrückt, verteilt und verfeinert. Riccardo nimmt einen Fünfeuroschein und rollt ihn zu einem Röhrchen zusammen, und die anderen verspotten ihn, weil man Fünfer nicht zum Ziehen verwendet, da braucht man Fünfziger, sagen sie zu ihm, das ist ein Armutszeugnis.

Sie lachen, und Pietro hat inzwischen für jeden eine Linie vorbereitet und das Pulver am Tellerrand aufgehäuft, bereit für neue Linien, sie ziehen, hin und her, zuerst das eine Nasenloch, dann das andere, der Junge mit der Gitarre spielt misstönend weiter, beginnt zu singen und scheint völlig uninteressiert an ihnen, die nun betäubt sind.

Pietro spürt seine Lippen nicht mehr, er spürt nicht mehr, wenn er schluckt, es ist ein seltsames Gefühl, als fehlte ihm ein Stück, er fühlt sich von der Welt losgelöst und gleichzeitig Teil von allem, die Farben sind jetzt leuchtender, das Lachen klirrender, die Gesichtszüge des Mädchens ausgeprägter, ihre Zähne weißer.

Sie bleiben am Tisch sitzen, rund um den Teller, reichen sich den Geldschein weiter, um Koks zu schnupfen, um zu schmecken, wie das Bittere den Hals hinunterläuft, das sie erfüllt und Pietro mit der Freude erfüllt, hier zu sein, über nichts zu reden, nichts zu hören, über Wörter zu lachen, die er nicht versteht, gesprochen in einem Dialekt, den er nicht kennt.

Es riecht nach Zitrusfrüchten, Lavendel, Deodorants und Schweiß, und alles vermischt sich für ihn in dieser Nacht zu einem einzigen Duft, er wünschte, sie würde nie zu Ende gehen, und ist glücklich, als einer der Jungen wortlos noch ein Tütchen hervorholt und ausleert. Sie ziehen noch einmal und noch einmal, und Pietros Herz klopft und klopft, und er ist überzeugt, wenn er sich das T-Shirt auszöge, könnte man sehen, wie die Haut pulsiert im Rhythmus dieser sinnlosen Reden, die sein Gehirn beruhigen, sodass er sich wohlfühlt, unbeschwert, als könnte er nun alles in Ordnung bringen, als wäre alles unwichtig, oberflächlich, machbar.

Als die Droge alle ist, stehen sie auf, gehen zurück ins Wohnzimmer, setzen sich auf ein leeres Sofa, jetzt sind weniger Leute da als zuvor, unter dem Flackern der Lampen fragt er sich, wo sie alle hingekommen sind, er würde gern wissen, wem die Wohnung gehört, und denjenigen sagen, sie müssten die Glühbirne austauschen, er fragt sich, wie spät es wohl ist.

Dann singen sie alte Songs, die alle auswendig können, sie singen und das Mädchen legt den Kopf auf seinen Schoß. Streichle meine Haare, sagt sie. Er gehorcht, streichelt ihren Kopf, ihre Wange, ihr Gesicht, ihm ist, als sei Weihnachten jetzt, sie lächelt und rollt sich zusammen und es wirkt, als sei sie eingeschlafen, während man durchs Fenster hinter diesen lila Vorhängen den Tag heraufdämmern sieht an einem Himmel, der sich blau färbt, als die Sterne verlöschen und jetzt Sonnenstrahlen fließend über den Fußboden und über Pietros Schuhe kriechen, als er sich langsam vom Sofa erhebt, geräuschlos, ohne jemanden zu wecken.

# ACHT

Sie brüllen sich an, gehen mit Fäusten auf Wände und Möbel los, bekommen rote Köpfe, beschimpfen sich so wüst wie noch nie, es ist das erste Mal, dass Pietro sie so erlebt, mit gefletschten Zähnen, den Kopf vorgestreckt, als wolle sie zubeißen, sie macht ihm Angst und zugleich fürchtet er, dass er sich vielleicht selbst nicht zurückhalten könnte.

Pietro fühlt seine Knie weich werden, sein Blut kochen, er fühlt, wie es an den Schenkeln aufwärts und dann zum Bauch hin fließt, wo es stockt, ihm scheint, dass sich alles mit großer Ruhe bewegt: Miriam mit hängendem Kopf, die Hände an den Kühlschrank gestützt, die Worte stockend und verzerrt.

Er fühlt die Vernunft schwinden, das Gehirn erdrückt von einer tröstlichen Wut, er fühlt alles und spürt, dass er fähig wäre, sie an den Haaren zu packen, heftig zu ziehen, die Lust, ihr wehzutun, die Lust, die fast zum Bedürfnis wird, als sie die Hände sinken lässt, sich halb umdreht, ihn mit bösen Augen anblickt und brüllt, deine Mutter hatte ganz recht, dass sie dich verlassen hat.

Da fühlt er das Blut, das vom Bauch ausstrahlt, die Faust, die sich ballt, die vorschnellt und an die rote Metalltür des Kühlschranks knallt, ein paar Zentimeter neben ihrem Gesicht, neben ihren Augen, die feucht werden, ihren Wangen, die zittern, dem Kinn, das sich in kleinen Fältchen kräuselt und die bleichen Lippen und den abgebrochenen Zahn verbirgt.

An einem Novembertag waren sie in diese Wohnung eingezogen, einem Tag, an dem seltsamerweise die Sonne schien. Sie wollte nicht, dass Pietro sie abholte, sie hatten telefoniert, Miriam hatte gesagt, ihrem Vater sei das wichtig.

Er hatte nichts dagegen gehabt und gesagt, kein Problem, es sei schon richtig so. Er hatte an die lange Fahrt gedacht, die er hätte machen müssen, zurück nach Fabbrico und dann den Transporter mit Miriams Sachen bis in die Stadt fahren.

Beim Auflegen hatte er gedacht, besser so, sie hatte ihm eine Last abgenommen, vielleicht hatte sie das geahnt.

Miriams Vater hatte ihm die Hand gedrückt, war stumm durch die Wohnung gegangen, hatte mit den Fingerknöcheln an die Wände geklopft und mit dem Kopf genickt, während Pietro umgeben von Koffern und Bücherkisten reglos in der Mitte des Wohnzimmers stand.

Bevor er wieder ging und sie in ihrer neuen Wohnung allein ließ, hatte Miriams Vater gesagt, dass die Türe nichts tauge, dass er sie auswechseln wolle, sie sei nicht sicher. Dabei hatte er das Gesicht seiner Tochter gestreichelt, sie auf die Wange geküsst und sie liebevoll zärtlich umarmt, ohne Pietro eines Blickes zu würdigen, der danebenstand und teilnahmslos zusah.

Als sie allein waren, hatten sie sich beide gefühlt, als stünden sie wieder am Anfang, verlegen, einander fremd, als wären nicht Jahre vergangen, als hätten sie nicht gestritten, sich ein paarmal getrennt, als hätte Pietro sich nicht manchmal verloren gefühlt ohne sie, festgenagelt auf die Erkenntnis, dass er nicht allein sein konnte, dass er sie brauchte.

Sie hatten sich an der Hand genommen, und in der Sonne, die durchs Fenster schien, tanzten ein paar Staubwölkchen, als sie sich endlich auf die Zehenspitzen stellte, um ihn zu küssen.

Der Kuss war anders gewesen, so schien es Pietro jedenfalls, ein Kuss, der so lange gedauert hatte, bis sie die Koffer und Kisten mit den Füßen weggestoßen hatten, bis sie an der Wand ankamen, bis Pietros Hände angefangen hatten, sie auszuziehen, sie zu drücken, ihre verwaschene, weite Jeans aufzuknöpfen, bis Miriam gesagt hatte, nicht hier, gehen wir rüber ins Bett.

Er war danach eingeschlafen, und sie war aus seiner Umarmung geschlüpft, ohne dass er es merkte. Als er aufwachte, war er zu ihr hinübergegangen und hatte, sich die Augen reibend, zugesehen, wie sie ihre Sachen verstaute, ihre Kleider aufhängte, Pietros Romane beiseiteschob, um auch ihre Essays, Geschichtsbücher und Biografien unterzubringen, und als sie fragte, welche Ordnung er einhalte, hatte er geantwortet, keine, sie seien nur zufällig aneinandergereiht.

Er hatte zugesehen, wie die Koffer sich leerten, die Kleider im Schrank verschwanden, hatte die Art beobachtet, wie sie die Töpfe in der Küche einräumte, wie sie zu ihm sagte, sie müssten neue anschaffen, die Art, wie sie das Besteck in der Schublade anordnete, die Gläser, wie sie eine Waschmaschine mit seinen schmutzigen Kleidern anstellte.

Später hatten sie auf dem Sofa zu Abend gegessen, er hatte im Lokal um die Ecke zwei Pizzen geholt, sie hatten die Hälften ausgetauscht und sie hatte von Pietros Stück die Pilze heruntergeklaubt.

Ich mag die Pilze nicht kauen, hatte sie gesagt, ich mag nur den Geschmack davon auf der Pizza.

Er hatte gemerkt, dass er das nicht wusste, und sich gefragt, was er noch alles entdecken würde, was davon er einfach hinnehmen müsste und was ihn verblüffen würde.

Nach dem Essen war sie aufgestanden, hatte die Kartons und die leeren Bierflaschen vom Boden aufgehoben und weggeworfen, hatte das Besteck und die Gläser gespült. Er war sitzen geblieben, hatte ihr zugeschaut, hatte gesehen, wie selbstverständlich sich diese Frau in der Küche bewegte, und sich gefragt, warum, was er an sich hatte, dass sie sich so wohlfühlte; sie hatte den Wasserhahn am Spülbecken zugedreht, hatte ihn gefragt, ob er ihr ein Handtuch aus dem Bad bringen könne, er wollte schon aufstehen, doch dann hatte er gesagt, nein, er habe keine Lust.

Er hatte ungerührt zugeschaut, wie sie lächelnd hinüberging, sich die Hände trocknend zurückkam, das Handtuch an den Haken an der Wand hängte, und dann hatte er Nein gesagt, als sie ihn gefragt hatte, ob er ein Eis wolle.

Auf dem Treppenabsatz kehrt er in die Realität zurück, aufgeweckt von der hinter ihm zuschlagenden Tür, ihren durch das dicke Holz gedämpften Tränen.

Er mustert den Fußabstreifer, auf dem WILLKOMMEN steht, mit einem Lächeln darunter. Er steigt die Treppe hinunter und hält sich an dem hölzernen Geländer fest, es fasst sich kühl an und ihm ist heiß, er merkt, dass er schwitzt, und taumelt ein bisschen in der Kälte des Hauseingangs, vor der Loge des Portiers, der ihm grüßend zunickt.

Die Farben sind lebhafter als gewöhnlich, sie flimmern so grell und irreal, dass ihm schwindlig wird und er sich an die schäbige Mauer im Eingang lehnen muss, ihm wird klar, dass sein Hemd zu dünn ist, dass seine Jacke, ein Sonderangebot aus dem Kaufhaus, ihn nicht vor der Kälte schützen kann.

Während die Umgebung rund um ihn allmählich wieder ihre natürliche Tönung annimmt, fragt er sich, warum er sich eigentlich immer Sachen aussucht, die irgendwie nicht passen: Pullover mit zu engem Halsausschnitt, Stoffe, die auf der Haut jucken, zu kurze Jacken, die er ständig am Rücken herunterzieht, T-Shirts, die bei einer brüsken Bewegung aus der Hose rutschen, Hosen, bei denen er zusätzliche Löchern in den Gürtel machen muss, damit sie in der Taille sitzen.

Er ist froh, dass er im Freien ist und wieder atmen kann.

Irgendwo weit weg klettert die Sonne empor, von einer dichten Nebelschicht umhüllt, durch die man die Dächer der Häuser und die Schlangen an den abfahrenden Straßenbahnen nicht sieht, die das Gerede dämpft, das Gelächter, die Streitereien am Telefon.

Er denkt, dass er bis zu ihrem Geheimversteck gehen will, zu dem verborgenen Innenhof, wo sie sich entspannten, sich unterhielten, wo alles gut zu sein schien, wo Zusammensein alles war, was sie brauchten, er denkt an den Sommer, als Miriam ihn manchmal auf dieser Bank bat, ihr die Füße zu massieren, als sie einmal eine Katze gesehen und beschlossen hatten, sie mit nach Hause zu nehmen, ihr einen Namen zu geben, er denkt daran, dass sie im Supermarkt Futter gekauft und in ein Schälchen getan hatten, und die Katze ward nicht mehr gesehen.

Er denkt an die geteilten Haushaltskosten und Strom- und Gasrechnungen, daran, dass er auf einmal Sachen wie Joghurt und Magerkäse im Kühlschrank findet, Schminksachen auf der Ablage im Bad, an das Wegwischen von Zahnpastaflecken im Waschbecken, an die Ordnung.

Er geht und geht durch diesen Nebel, der sich ab und zu lichtet, durch diesen Schleier, der die Gesichter der Menschen verbirgt, ihre Züge verwischt, die Wahrnehmungen, die Häuserecken, den Asphalt der Gehsteige und den der Straße verschwimmen lässt. Er bleibt stehen und blickt in ein Schaufenster, betrachtet sein ungreifbares Spiegelbild, schaut sich an und sieht auf der anderen Straßenseite eine Frau, die ihn fixiert, ihre Haare sind genau die gleichen, ihre Augen sind die gleichen, schlagartig fühlt er sich in jene Nacht zurückversetzt, als sie durch den Garten liefen, er sieht wieder die Katze und jene Frau am Fester, das sinnlose Gewitter und die gleichen Haare und Bewegungen vor sich, die er jetzt in dem Schaufenster wiedererkennt, durch sein eigenes Bild hindurch, überlagert, eins geworden ohne feste Konturen.

Ihm ist, als umhülle ihn der Nebel auch von unten, als gebe es keinen Halt mehr, als ginge er unter und erstickte, als sei diese Frau als Einzige real, als könne nur sie ihn retten.

Er dreht sich um, möchte etwas rufen, bringt aber keinen Ton heraus und sieht, wie die Frau sich abwendet, ihr Gesicht verbirgt, ihm den Rücken kehrt.

Er rennt los, überquert die Straße zwischen hupenden Autos, zwischen dem Geschrei der Fahrer, die sich herausbeugen und ihn beschimpfen, rempelt im Schein einer blassen Sonne die Passanten an, rennt hinter ihr her, will um die Ecke biegen, um die sie verschwunden ist, möchte sie rufen und bringt wieder keinen Ton heraus.

Er rennt, bis er erneut ihren Rücken sieht in dem Bruchteil einer Sekunde, in dem die Sonne das Grau des Nebels und alles rundherum durchbricht, sie beleuchtet, durch sie hindurchscheint, als wäre sie transparent, ein Phantom, in dem Bruchteil einer Sekunde, in dem ihm ist, als fühlte er wieder den Regen jener Nacht, als hörte er die Schreie der Katze, die Stimme seines Vaters, der zu ihm sagt, er solle sie töten, und in dem Bruchteil einer Sekunde verschwindet die Frau erneut, während Pietro wieder Luft bekommt, die Worte wiederfindet und schreit: Mama.

Jetzt geht er langsamer, spürt, wie die Wut allmählich verebbt, wie die Enttäuschung hochkommt und die Scham und die Wirklichkeit zurückkehrt, er bleibt vor dem Schaufenster einer Konditorei stehen, die sie ab und zu aufsuchen, einer Konditorei, wo es nach Miriams Meinung die besten Baisers der ganzen Stadt gibt.

Vor den goldenen Lichtern und den lächelnden Verkäuferinnen, die mit einer alten Dame scherzen, während sie auf ihr Tütchen wartet, denkt er an die Möglichkeit, dass Miriam gegangen ist.

Er denkt an sie, wie sie weinte, an ihre Augen, dass er sie noch nie so gesehen hat, er denkt an das Fest, an das Zusammenleben, an Riccardos Stimme, du siehst aus wie einer, der ein Fest braucht, an sein Lächeln, an die Unbeschwertheit, an die Lust, es wieder zu tun, daran, wie leicht alles zu sein schien, ohne jede Verpflichtung.

Er denkt an die Möglichkeit, einfach nie mehr nach Hause zu gehen, daran, wie viel Mut es kostet, alles zurückzulassen.

Er holt Luft und seufzt, spielt mit den Schlüsseln, mustert sie, holt noch einmal Luft und seufzt, steigt trittsicher die Treppe hinauf, ohne sich am Geländer festzuhalten, grüßt die Frau, die die Treppe putzt; als er auf seinem Stockwerk ankommt, sieht er, dass der Abstreifer zusammengerollt vor der Tür steht, lässt ihn stehen, steckt den Schlüssel ins Schloss und betritt ihre Zweizimmerwohnung, in der es dunkel ist.

Einen Augenblick lang denkt er, Miriam sei gegangen, habe alles eingepackt, wo sie wohl sein könnte, dann hört er ein Schluchzen und gewöhnt sich an das Halbdunkel, an das Licht der Morgendämmerung, das durch die Ritzen der Rollläden dringt: Alles ist wie vorher, der Nippes, ihre Sessel, der Tisch, an dem sie lernen, ihre Bücher, der winzige Fernseher, alles ist noch da.

Er sieht, dass auch sie da ist, zusammengekauert, die Arme um die Knie geschlungen, er sieht sie und geht zu ihr hin, setzt sich ebenfalls auf den Boden, vor sie, lehnt sich mit dem Rücken an den Küchenschrank, schließt die Augen und seufzt.

Er ruft ihren Namen und sie schaut ihn an, er bekommt große Lust zu rauchen, während er diese bebenden Augen betrachtet, die im Halbdunkel glänzen, die Tränen, die ihr die Wangen herunterlaufen, die Zunge, die sie auffängt, wenn sie an den Lippen ankommen.

Mein Vater hat einen Schlaganfall gehabt, sagt sie.

Pietro fühlt, wie der Fußboden unter seinem Gewicht nachgibt, wie die Möbel, die Fenster, die Plakate der Konzerte, die sie zusammen besucht haben, sich auflösen, still bleibt er vor ihr auf diesem Boden sitzen, während sie schweigend immer weiter weint. Er holt Luft, aber diesmal ist es anders, das merkt er.

Er rutscht zu ihr hin, streckt die Hände nach ihren Haaren, ihrem Gesicht, ihren Augen aus, mit einem Finger trocknet er ihr eine Träne, und dann küsst er sie schweigend, in der Stille der kleinen Wohnung sitzen sie einfach da, sie legt den Kopf auf seine Schulter und er starrt vor sich ins Leere, als wolle er in eine Zukunft schauen, die er nicht sehen kann, er fragt, ob sie ein Eis möchte, und sie sagt Ja.

Er tut alles, was jetzt richtig ist, er hilft ihr aufzustehen, geht mit ihr ins Bad, setzt sich auf die Kloschüssel, während sie sich weinend duscht, reicht ihr den Bademantel, hilft ihr hinein, umarmt sie, und sie weint weiter, er sagt, ihr Vater werde sich erholen, alles werde in Ordnung kommen, er werde bestimmt wieder wie vorher, genauso stark wie zuvor.

Er kämmt sie, sie lässt es geschehen, geduldig trocknet er sie ab, küsst sie auf den Kopf, auf die duftenden Haare, dic Wangen, die Lippen, er zieht ihr den Bademantel aus und schaut zu, wie sie sich ankleidet, sie streichelt ihn und bedankt sich.

Sie umfasst sein Gesicht mit den Händen, ich bin froh, dass du da bist, sagt sie zu ihm.

Pietro hört ihr zu, macht etwas zu essen, schweigend sitzen sie in ihren vier Wänden, ihrer Wohnung, essen Pasta mit Öl, er reibt den Käse, draußen bewegt sich die Stadt gedämpft, lautlos und schläfrig.

Er räumt ab und sie bleibt sitzen, schaut ihm zu, und er spült das Geschirr, dann packen sie den Koffer, nur einen für alle beide.

Miriam ruft ihre Mutter an, fragt nach Neuigkeiten, lässt sich noch einmal schildern, wie es passiert ist, wer ihn gefunden hat, sagt Danke und wiederholt es, schickt ihr einen Kuss, sagt, wir sehen uns morgen, die Mutter solle ruhig jederzeit anrufen, du störst mich nicht, Mama, was glaubst du denn.

Pietro hört die Nervosität in ihrer Stimme, geht zu ihr, legt ihr die Hände auf die Schultern, massiert sie, und Miriam entspannt sich, atmet tief durch und sagt dann zu ihrer Mutter, ich habe dich lieb, Mama.

Er gießt die Pflanzen, während sie ihm Geschichten aus ihrer Kindheit erzählt, wie sie alle drei in den Ferien in die Berge gefahren sind, in den Schnee, sie erzählt ihm, wie ihr Vater einen Iglu für sie gebaut hat, wie viel Spaß sie hatten, und fragt, ob Pietro wirklich glaube, dass alles gut wird.

Ja, antwortet er mit einer Überzeugung, die er nicht hat.

Er hört ihr zu, während sie sich fragt, wie ihre Mutter ohne ihren Vater zurechtkommen soll, wie sie überleben soll, sie sagt, die beiden liebten sich so sehr, sie küssten sich immer noch, manchmal sehe sie, wie sie auf dem Sofa schmusen wie zwei, die sich gerade erst kennengelernt haben, sie lacht und weint und er hört zu, wie sie lacht.

Er massiert ihr die Füße, und dann fragt er, ob sie ins Bett gehen möchte, sie bejaht und er begleitet sie, gemeinsam putzen sie sich die Zähne, betrachten sich im Spiegel, er zwinkert ihr zu und sie küsst ihn auf die Wange, sie strecken sich unter den Decken aus, er streichelt sie, drückt sie an sich, küsst sie ab und zu auf den Hals, fährt ihr zärtlich durchs Haar, bis sie einschläft.

Er schlüpft aus dem Bett, barfuß, in der Wohnung nur ihr entspannter Atem, verlässt das Zimmer und geht zu der imposanten Kommode, die das andere Zimmer beherrscht, beugt sich herunter und öffnet lautlos die Türen, tastet mit den Händen hinter den Schachteln, den Ordnern mit den bezahlten Rechnungen, den schon durchgearbeiteten Büchern, nimmt die Schachtel Zigaretten, die dort versteckt ist, öffnet sie und zieht mit den Zähnen eine heraus.

Er hält sie zwischen den Lippen und kaut auf dem Filter, während er die Schubladen aufzieht auf der Suche nach einem Feuerzeug. Als er es findet, tritt er ans Fenster, das zur Straße hinausgeht, zur Pizzeria, die gerade schließt, den Stimmen der Kellner, die sich am Ende der Schicht entspannen, den Gerüchen, die aufsteigen, als er das Fenster öffnet, als er die Dächer der Häuser betrachtet, den Himmel über der Stadt.

Er raucht und genießt es, er spürt, wie die Wärme seine Lunge füllt, der Blutdruck ein wenig sinkt, der Kopf leicht wird, die gewohnten Gesten, er lehnt sich aufs Fensterbrett, mustert die Fenster der Wohnungen gegenüber, manche dunkel, manche erleuchtet, das Dämmerlicht in den fremden Wohnungen, zugezogene Vorhänge und offene, er fragt sich, wie das Leben der dortigen Bewohner sein mag, welche Probleme sie tagtäglich bewältigen müssen, was sie dazu bringt, am nächsten Morgen aufzuwachen, ob vielleicht auch manche von ihnen zurückkehren oder aufbrechen müssen.

Er wirft den Stummel fort, sieht zu, wie er fällt, zwischen den Zweigen eines Baums verschwindet, der am Rand des Gehsteigs wächst, und schließt das Fenster, die Geräusche der schlafenden Stadt bleiben draußen.

Er ist jetzt allein, während er sich umdreht, während er den Koffer auf dem Fußboden mustert, während er Miriams Atem nicht aus dem Schlafzimmer kommen hört, er ist allein in dieser Wohnung, wo er darauf wartet, nach Fabbrico zurückzukehren.

# NEUN

DIE STADT IST IMMER NOCH DIE GLEICHE, auch der Himmel, die helle, lustlose, gleichgültige Sonne, die Häuser, die Gesichter der Menschen, denen sie begegnen, die Gehsteige, die Haustüren, alles wie immer. Die Straßen sind die gleichen, die Ampeln, die Treppen zur U-Bahn, die sie hinuntergehen, die Menschen, die ihnen entgegenkommen, die, die rasch draußen noch rauchen, ein Mann, der ein Lied singt und den Hut hinhält, die Menge, die gesenkten Blicke, auch die einfahrenden Waggons, die Bremsgeräusche, der Geruch des Tunnels, die sich öffnenden Türen, auch die Sitze, auf denen sie Platz nimmt.

Pietro bleibt stehen, die Hand um den Griff des Koffers geklammert, trotzt er dem Gerüttel des Wagens, kreuzt nie Miriams Blick hinter der schützenden Sonnenbrille, die fast ihr ganzes gerötetes Gesicht verbirgt.

Weinend ist sie aus einem Albtraum erwacht, zum Frühstück sind sie in die Bar gegangen, sie hat nichts gegessen und nichts getrunken, er hat sich schuldig gefühlt, als er einen Orangensaft, ein Hörnchen und einen Espresso bestellt hat.

Komm, wir machen nichts schmutzig, hat sie zu ihm gesagt, als er den Kaffee aufsetzen wollte, Pietro hat es gewundert, dass sie an so etwas denkt, an die Tassen, die wer weiß wie lange da im Spülbecken stehen bleiben würden.

Er denkt auch jetzt noch daran, während sie sich von der Rolltreppe hinuntertragen lassen, im Bauch dieses riesigen Bahnhofs herauskommen, zu ihrem Bahnsteig gehen, zu ihrem klapprigen Zug, während die Tauben furchtlos herumfliegen, wenige Leute zusammen mit ihnen einsteigen und er denkt, dass er sich vielleicht nicht traurig genug fühlt.

Sie hat sich ans Fenster gesetzt, hat den Kopf an die mit Filzstift bemalte Scheibe gelehnt, sie wirkt erhitzt, Pietro verstaut den Koffer über ihnen, hört, dass sie etwas sagt, versteht es aber nicht, lächelt ihr zu und setzt sich neben sie, nimmt ihre Hand und streichelt sie, sie haben ein leeres Abteil ausgewählt, darum hatte sie ihn gebeten, setzen wir uns wohin, wo niemand ist.

Als der Zug schnaufend anfährt, führen die Gleise durch die Peripherie, an den Fernsehanstalten vorbei, an immer gleichen Wohnblocks und Wolkenkratzern vorbei, an der Wäsche, die in dieser hartnäckigen Feuchtigkeit zum Trocknen aufgehängt ist unter der blassen Sonne, die jetzt hinter der grauen Mauer des Novemberhimmels hervorkommt.

Sie sprechen nicht, hören den Zug bremsen und dann in den Bahnhöfen anhalten, der Wind rüttelt an den Scheiben, die Stadt geht in Land über, Bäume und Häuser, kleine Dörfer, die sich auf diesem auch im Herbst noch grünen Fleck der Ebene häufen, gepflügte Felder, die Kühe im Stall, die Kanäle, die Gräben, die Vögel in den Gräben und die, die auf den schiefen Lichtmasten sitzen.

Pietro fragt sich, warum er eigentlich jetzt hier ist, aus Scham, aus Pflichtgefühl, aus Schuldgefühl, aus Liebe, aus Angst?

Nebenan ist eine senegalesische Familie, sie spielen mit ihrem Kind, singen in einer fremden Sprache, mit entspannter Musikalität. Miriam schaut sie verärgert an, Pietro nicht, er beobachtet, wie der Vater seinen Sohn auf den Knien hält, ihn hüpfen lässt und das Kind in einem ganz eigenen Rhythmus in die Hände klatscht, wie die bloßen Füße der Mutter die Beine des Vaters streicheln, diese Intimität ohne Scheu.

Miriam drückt ihm die Hand, so bleiben sie sitzen bis zu dem Bahnhof, an dem sie aussteigen müssen, sie steht zuerst auf, zu früh, er möchte sie zurückhalten, tut es aber nicht, sagt nichts, steht ebenfalls auf und nimmt den Koffer, sie betrachten sich in der Glasscheibe der Tür wie in einem Spiegel, es ist, als bewegte sich die Landschaft draußen schneller als vorher, als sie noch saßen, er hat die Hände in den Taschen, sie lehnt sich an einen Metallpfosten neben ihr.

Sie schweigen, das Geräusch ändert sich, der Zug bremst ab, Miriam zieht ihr Handy aus dem Kamelhaarmantel, den er ihr geschenkt hat, liest eine SMS, meine Mutter erwartet uns auf dem Platz vor dem Bahnhof, sagt sie.

Als sie aussteigen, ist es kalt, kälter als bei der Abfahrt. Der Wind braust über die Gleise, hat das Grau vom Himmel gefegt, der jetzt fast blau ist.

Mit gesenktem Kopf bewegen sie sich in dem Strom von Menschen in der Unterführung, Miriam geht voraus, er hinter ihr, etwas abseits, auch, als sie draußen sind, als sie ihrer Mutter entgegenläuft, als die zwei Frauen sich umarmen und Pietro zu vergessen scheinen, der sich eine Zigarette anzündet.

Sie bemerkt es gar nicht, hat zwischen den Leuten, die den Platz bevölkern, die Hände auf die Schultern ihrer Mutter gelegt in einem seltsam fahlen Winterlicht. Geht es dir gut, fragt sie, wie geht es Papa, gibt es Neuigkeiten, fragt sie, hast du mit den Ärzten gesprochen, mit irgendwem.

Die Mutter verneint, die Nacht sei ruhig gewesen, er sei stabil, niemand sage ihr etwas. Sie beginnt zu weinen, und die beiden umarmen sich erneut, drücken und trösten sich.

Alles wird gut, flüstert Miriam ihrer Mutter ins Ohr, in das zu einem straffen Pferdeschwanz gebundene Haar.

Alles wird gut, sagt sie und dreht sich zu Pietro um, der nach einer Taube tritt, woandershin schaut, in die Ferne jenseits der Stadt, in der sie angekommen sind; über die Straßen voller Autos, über die Beete und die Parks, die Plätze, die Theater, die vom Industriegebiet gezogenen Grenzen hinweg betrachtet er das offene Land, die Felder, die Farben entlang der Wiesen vor Fabbrico und drückt seine Zigarette aus.

Fährst du bitte?

Sie steigen ins Auto, Pietro will das Radio einschalten. Dann lässt er es, es kommt ihm pietätlos vor.

Er konzentriert sich auf die Straße, auf die Hinweisschilder, auf den Verkehr in dieser Kleinstadt, passt auf, dass er nicht auf die Bus- und die Taxispur gerät, achtet auf die Fußgänger und die Fahrradfahrer, die vorbeischießen, ohne nach rechts und links zu schauen.

Als die Stadt zu Ende ist, als er rundherum diese flache Landschaft sieht, die ihm, entdeckt er, noch immer vertraut ist, fällt ihm ein Song ein, ein Song, den Ettore immer hörte, als er noch klein war, *è uno stallo o un rifiuto crudele e incosciente del diritto alla felicità*. Es ist ausweglos oder eine grausame und leichtsinnige Verweigerung des Rechts auf Glück.

Er erkennt, dass er nie wirklich weggegangen ist, dass dieses Land, diese Ebene, diese Farben, dieser fahle Himmel und diese Feuchtigkeit, die über den Feldern liegt, immer sein Zuhause sein werden.

Er umklammert das Lenkrad, Miriam streckt die Hand aus und streichelt ihm über den Schenkel, er dreht sich zu ihr und lächelt sie an, doch sie sieht es gar nicht, sondern betrachtet durchs Fenster dasselbe Panorama, dieselbe endlose Ebene, die ihm Angst einflößt. Genau dieses Panorama, das ein heiteres Lächeln auf Miriams Gesicht zaubert, während sie zu beiden sagt, willkommen daheim.

Er staunt, wie leicht ihm das Fahren fällt, die bekannten Kurven zu nehmen, den Asphalt genauso wiederzufinden, wie er ihn verlassen hatte: dieselben Löcher, dieselben Geraden, auf denen er schaltete und hörte, wie der Motor anzog, dieselben riesigen Parkplätze, auf denen Ettore ihm ungeduldig, schreiend und fluchend das Autofahren beibrachte.

Jetzt sitzt er am Steuer und spürt, wie die Macht der Langsamkeit ihn umgarnt und in ihren Bann zieht.

Er dehnt sich auf dem Sitz, streicht sich übers Haar, sieht jenseits der Straße, jenseits der bebauten Felder und eines Restaurants, das mittendrin steht und früher nicht da war, nach und nach die Umrisse des Dorfs aus der Nebeldecke auftauchen, die über den Horizont gebreitet ist, alles überragend das Aquädukt, dann die Dächer, der Kirchturm und die übrigen Häuser.

Er lässt das Schild mit der Aufschrift FABBRICO hinter sich, fährt am Friedhof vorbei, dann kommen die Kreisverkehre, die Höfe mit ihren Backsteinmauern, den wilden Kletterpflanzen, langsam durchquert er die modernen Viertel bis zur Piazza hinter dem Schloss und der Kirche, und die Linden weisen ihm den Weg zum Zeitungskiosk von Ercole, zur Grundschule.

Sie erreichen Miriams Haus, wo auch er in diesen Tagen wohnen wird, laden den Koffer aus, sie werden in Miriams Mädchenzimmer schlafen, das sich kein bisschen verändert hat, dieselben Poster an den Wänden, dieselben Plüschtiere.

Als er den Koffer neben das Bett stellt, überlegt er, ob er sich kurz hinlegt, die Augen schließt und ein bisschen ausruht, schläft und wieder aufwacht, weil sie ihn an der Schulter rüttelt und sagt, komm, wir fahren wieder nach Haus.

Er nimmt das Foto in die Hand, das auf dem Nachttisch steht, Miriam und ihre Eltern in den Bergen, Arm in Arm, im tiefen Schnee, die Sonne beleuchtet ihre Gesichter, ihre grellbunte Kleidung, dasselbe Foto, das er gesehen hat, als sie zum ersten Mal in diesem Zimmer zusammen geschlafen haben, in diesem Bett.

Er packt das Foto mit beiden Händen, presst es zusammen, hört, wie der Rahmen knirscht, das Plastikglas spannt sich, am liebsten würde er das Bild zerbrechen, zerfetzen, am liebsten

Sie ruft ihn vom Erdgeschoss aus, er tritt auf den Flur, sieht sie unten an der Treppe lächelnd an der Wand lehnen.

Was machst du, fragt sie.

Ich komme, antwortet er.

Während Pietro die Treppe hinuntergeht, spricht Miriam weiter.

Wir fahren ins Krankenhaus, sagt sie. Meine Mutter weiß nicht mehr, wann Besuchszeit ist, wir fahren einfach hin, vielleicht lassen sie uns auch so rein, ich halte es hier nicht aus, ohne etwas zu tun, sagt sie, als er sie auf den Mund küsst.

Okay, kein Problem, fahrt nur, wirklich, eigentlich solltet ihr schon dort sein.

Und was machst du solange?

Ach, mir wird schon etwas einfallen.

Bestimmt?

Ja, mach dir keine Sorgen, wirklich.

Es ist ein seltsamer Tag, seltsam die Zeit, die ihn umgibt, die Farben der Häuser, des Asphalts, des Rasens im Garten, der Tonfiguren, die dort herumstehen, seltsam dieses Licht, das von einem unsicheren, unentschlossenen, gemischten Himmel kommt, ungewöhnliche Abstufungen von Grau und Blau, ohne Bestand.

Ein Albtraum, den er als Kind hatte, kommt ihm wieder in den Sinn, das Gefühl, zu schrumpfen, kleiner zu werden als ein Sandkorn.

Er zwingt sich dazu, loszugehen, kann nicht ausmachen, ob es regnen wird, ob der Nebel zurückkehrt oder ob die Sonne herauskommt und alles in einen Frühlingstag verwandelt.

Pietro wandert die Gehwege entlang, auf denen er als Kind herumrannte, er merkt, dass er Richtung Kantine geht, zu der Werkstatt, die sein Zuhause war. Er sieht sie von Weitem, das riesige Tor überragt die Dächer der einstöckigen Reihenhäuser davor, er biegt um die Ecke, umgeben von immer gleichen Lorbeerhecken mit dichten Blättern, die den Blick in die Gärten verwehren, und sieht das Tor, das jetzt automatisch gesteuert wird.

Er sieht es offen, hört das Geräusch der Maschinen, eines Lastwagens, der auf dem großen Platz wendet, der Anhänger mit einer verblichenen blauen Plane bedeckt, und hört die Stimmen von jemandem, der lacht und scherzt, sich verabschiedet.

Er sieht den Laster herausfahren, tritt beiseite, um ihn vorbeizulassen, die Straße ist eng, der Fahrer hat Schwierigkeiten, hält an, daraufhin winkt Pietro ihm, er solle weiterfahren, gibt ihm zu verstehen, dass er durchpasst, sie lächeln sich an, nicken sich zu, und als der Laster an seinen Augen vorbeigezogen ist, sieht er sein Zuhause.

Er sieht den Balkon, die Eingangstür, den Garten, die Magnolie, er sieht das Grün und das, was sein Vater während seiner Abwesenheit gemacht hat, den gestrichenen Zaun, die gepflegten Blumenbeete, den Gemüsegarten weiter hinten.

Er sieht Briciola, die mit dem Schwanz wedelt, aufsteht, ihn erkennt, die Ohren spitzt, auf ihn zuläuft, mit heraushängender Zunge und keuchendem Atem, die Schnauze ergraut.

Er beschleunigt den Schritt, um die Straße zu überqueren und ihr entgegenzugehen, hockt sich hin, lässt sich ablecken, umarmt sie, streichelt sie und lacht, als Briciolas Beine zittern, während sie sich auf den Rücken legt und ihm den Bauch hinhält, du hast mir gefehlt, sagt er zu ihr.

Ettore schiebt den Vorhang am Fenster beiseite, beobachtet, wie der Lastwagen in der Mitte des Hofs wendet, hofft, dass er durchpasst, dass er den Torpfosten nicht demoliert, er sieht, dass es schwierig ist, stellt sich vor, wie der Fahrer schwitzt, fragt sich, ob es richtig wäre, hinunterzugehen und ihm Anweisungen zu geben, und atmet auf, als er ihn wegfahren sieht.

Dann sieht er den Mann, der die Straße überquert, durch das noch geöffnete Tor geht, sich vor Briciola hinhockt und sie krault.

Ettore bemerkt, dass er den Vorhang umklammert, die Finger zur Faust geballt, es katapultiert ihn in der Zeit zurück, Gegenwart und Vergangenheit verbinden sich.

Ein Zittern überläuft ihn, einen Augenblick lang sieht er sie wieder vor sich, ihr Nachthemd, das Feuer in der Blechtonne, und ihm ist, als lebte er noch in jenem Haus, das abgerissen wurde, dann kommt er wieder zu sich und ist wie betäubt.

Er lässt den Vorhang los, bleibt stehen, fragt sich, was er tun soll, hinuntergehen oder warten, so tun, als ob nichts sei. Er fragt sich, ob sein Sohn ihm gefehlt hat.

Erneut schaut er hinaus und sieht, wie Pietro sich eine Zigarette anzündet, den Kopf nur leicht geneigt, die Unbekümmertheit, mit der er den ersten Zug nimmt, den Rauch ausstößt. Er macht es genau wie seine Mutter, mit der gleichen Natürlichkeit wie an dem Abend im Restaurant, als sie ihm gesagt hatte, dass sie heiraten würden.

Er bekommt Lust hinauszugehen und Pietro zu sagen, er solle die Zigarette ausmachen, sie werde ihm schaden.

Er zieht die Jacke über und eilt die Treppe hinunter, schnell, fast im Laufschritt.

Als er ins Freie tritt und beinah über die kleine Stufe vor der Tür stolpert, steht sein Sohn immer noch dort, die Zigarette zwischen den Fingern, der Hund wie festgenagelt, die Werkstatt, die Gabelstapler, der Himmel bewegen sich weiter.

Ettore nähert sich und streckt Pietro die Hand hin und bleibt so, den Arm halbhoch in der Luft, für einen ihm endlos erscheinenden Moment, dann sieht er, wie sein Sohn das Gesicht verzieht, als er sie ihm drückt.

Briciola springt unterdessen zwischen ihnen hin und her, wedelt, bellt, hechelt geräuschvoll mit heraushängender Zunge, stellt sich auf die Hinterbeine, zappelt mit den Pfoten, legt sie ihnen kratzend und leckend auf die Brust. So spielen sie, bis Ettore sagt, ich muss den Rasen mähen, hilfst du mir?

Jetzt liegt Briciola zusammengerollt auf dem Gehsteig, sieht zu, wie sie in der Garage hantieren, die Plane vom Rasenmäher abnehmen, Benzin in den kleinen Tank füllen, und lauscht, während sie gedämpft sprechen, durchs Gras gehen, das nicht sehr hoch ist und nicht gemäht werden muss, das perfekt ist, alles ist perfekt.

Perfekt der zarte Sonnenuntergang, der diesen wirren Tag beschließt, perfekt das Vibrieren auf Pietros Armen, während er den Lenker des Rasenmähers hält, der Schweiß unter der Achsel, das Grün, das Flecken auf den vom Vater geborgten Schuhen hinterlässt, die Strapaze, die SMS, die er Miriam ins Krankenhaus schickt, *ich bin bei meinem Vater*, schreibt er.

Perfekt die Art, wie sie alles wieder aufräumen, wie sorgfältig sie mit diesen Gegenständen umgehen, die eine Fortsetzung ihrer Glieder zu sein scheinen, die Art, wie Ettore das gemähte Gras mit dem Rechen aufhäuft, der Duft, der die Luft erfüllt, wie Ettore dem Sohn die Hand auf die Schulter legt, um ihm den Vortritt ins Haus zu lassen, die Langsamkeit, mit der sie die Stufen hinaufgehen, die Zärtlichkeit, mit der Pietro über die Wände im Flur streicht, die gewohnte Tür, die Holzskulptur, die seit jeher dort draußen hängt.

Perfekt die Art, wie sie die Wohnung betreten, die Art, wie sein Vater ihn am Wohnzimmertisch Platz nehmen lässt, wie er zwei Flaschen Bier aus dem Kühlschrank holt, sie öffnet, ihm eine anbietet, wie sie anstoßen und dasitzen und träge zuschauen, wie sich das Licht verändert in dieser Wohnung, die erneut die Konturen seiner Kindheit annimmt, als er Bücher über Dinosaurier las und sein Vater die Namen nicht aussprechen konnte.

Die Konturen sind durch die Zeit entschärft, angenehme Erinnerungen, die Pietro ganz kurz in Versuchung führen, Miriam anzurufen, um ihr zu sagen, dass er über Nacht bleibt, dass sie sich morgen sehen.

Sie sitzen da und trinken, die Worte bestimmen die Wahl der Gesprächsthemen, die Arbeit, das Zusammenleben, der Schlaganfall von Miriams Vater, dass Pietro deshalb gekommen ist, das Studium, Briciola, die sich die Hüfte gebrochen hat, als sie einen Maulwurf verfolgte, die Gemüsediät, der Orthopäde, der ihm rät abzunehmen.

Sie sitzen da und schweigen, und perfekt ist der Augenblick, in dem, als drinnen Licht ist und draußen Dunkelheit, ein Schlüssel ins Schloss gesteckt wird und die Tür sich öffnet.

Perfekt, dieser Augenblick, die Frau, die zwischen sie tritt, das Staunen, das sich auf ihrem Gesicht ausbreitet, als sie Vater und Sohn in der gleichen Haltung dasitzen sieht, das rechte Bein seitlich ausgestreckt, das linke abgewinkelt, die Hand am Ausschnitt des Pullovers.

Ettore schaut zu, wie sein Sohn diese Frau anstarrt, die jetzt lächelt, sich die Jacke aufknöpft, Halt sucht, nicht weiß, was sie sagen soll, und Ciao sagt.

Ettore schaut zu, wie sein Sohn aufsteht und Ciao antwortet.

Wie er sie auf die Wangen küsst und sagt, ich muss jetzt gehen.

Er hört, wie Marisa sagt, sie freue sich, ihn hier zu sehen, sie habe es nicht erwartet.

Ettore mustert seinen Sohn, den Gesichtsausdruck, das schüchterne, unsichere Lächeln. Er steht auf, lässt den Blick durchs Zimmer wandern, über die Nippsachen, die Stuhllehnen, den Kalender an der Wand, den er seit Monaten nicht angerührt hat, er geht hin, nimmt ihn herunter und blättert die Seiten um, bis er die richtige findet, Dezember, streicht über das Blatt, hängt ihn wieder an den hervorstehenden Nagel und sieht seinen Sohn nicht an, als er ihn fragt, bleibst du zum Abendessen?

Pietro freut es, dass Marisa das Gespräch führt, Fragen stellt, sich nach seinem Studium erkundigt, wie es ihm denn in der Stadt gehe, und sagt, sie würde dort verrückt.

Ich bin lieber hier, sagt sie, ich sehe mich nirgendwo sonst.

Sie lacht, während Pietro Tomaten aufschneidet, das ist das einzige Gemüse, das wir haben, magst du es?

Ja, antwortet sein Vater für ihn, als er klein war, hat er nichts anderes gegessen, nur Tomaten und Kartoffeln, du hättest sehen sollen, wie man kämpfen musste, damit er auch Salat isst, sagt er. Einmal, beim Abendessen, habe ich zu ihm gesagt, er dürfe nicht aufstehen, bevor er nicht den Salat aufgegessen habe, und er ist am Tisch eingeschlafen, er tat alles, um mich ins Unrecht zu setzen.

Sie lachen, auch Pietro, es gefällt ihm, einbezogen zu werden, wenn Marisa entsprechend antwortet, wenn sie sagt, wer weiß, wie nett du es ihm gesagt hast, und dann ihn fragt, wie hast du es nur geschafft, nicht schon früher wegzulaufen, wie hast du ihn bloß all die Jahre ausgehalten.

Sie lachen, als Pietro erzählt, wie sein Vater ihn morgens weckte, damit er rechtzeitig zum Bus kam, dass er eine leere Plastikflasche benutzte, mit der er ihm auf den Kopf haute.

Dann, während er sich im Bad die Hände wäscht, die zwei Zahnbürsten im Glas auf dem Waschbecken sieht, die lila Handtücher, die schmutzige Wäsche, die aus dem Weidenkorb herausschaut, den Rock, der an der Dusche hängt, denkt er, wie es gewesen wäre, mit ihr im Haus aufzuwachsen, wie es gewesen wäre, sich von dieser Stimme Märchen erzählen zu lassen, wie es gewesen wäre, sich von ihr umarmen zu lassen, wenn er sich wehgetan hatte, sich eine Brühe kochen zu lassen, wenn er krank war.

Er genießt den Abend, die Scherze über den scheußlich schmeckenden Espresso, die kleinen Sticheleien der beiden, und schreibt Miriam, dass er mit dem Essen fertig sei, dass er sich jetzt verabschiede und heimkomme, sie fragt, ob sie ihn abholen soll.

Ein paar Sekunden schaut er auf das Display des Handys, schreibt, löscht, schreibt erneut und löscht erneut und schreibt ihr, nein, er kenne ja den Weg.

Als er am Haus von Miriams Eltern ankommt, bleibt Pietro am Tor stehen, umgeben von der Dunkelheit, die sich über Fabbrico gesenkt hat, betrachtet das Reihenhaus, den gepflegten Garten, die einzige brennende Lampe, die man hinter den Vorhängen sieht, und stellt sich vor, dass Miriam auf dem Sofa sitzt, unter einer Decke, und ihn erwartet.

Er ruft sie kurz auf dem Handy an und wartet, bis sich das Tor öffnet, geht den Weg entlang bis zur Tür, er hätte gewollt, dass sie ihn an der Schwelle empfängt, sieht aber, dass sie sich wieder hinlegt, wieder unter die Wolldecke schlüpft, sich zusammenrollt, ihn anschaut und lächelt.

Er nähert sich, setzt sich neben sie, unter dieselbe Decke, nimmt ihre Füße und massiert sie, wie geht es deinem Vater, fragt er, und sie antwortet, er sei stabil, zuckt die Achseln, sagt, ihre Mutter sei schon im Bett.

Mit den Füßen streichelt sie seine Schenkel, er dreht sich zu ihr um, ihr Ausdruck kommt ihm fremd vor, wie sie sich mit ihrem abgebrochenen Zahn verlegen auf die Lippe beißt, ihn von unten herauf anschaut, die Wangen weich und voll, das schöne Gesicht unscharf im Licht der einzigen brennenden Lampe, er sieht sie an und weiß nicht, was er sagen soll, während sie ihn weiter streichelt.

Er rührt sich nicht, sie lässt zu, dass die Decke auf dem Boden landet, setzt sich rittlings auf ihn, und er umfasst ihr Gesicht mit den Händen, küsst sie, während sie anfängt, sich zu bewegen und zu reiben, während sie sich aus dem Kuss löst, sich vor ihn kniet, um ihn mit den Händen zu streicheln, wo sie ihn vorher mit den Füßen streichelte, und ihm die Hose aufzumachen.

Er fragt, was sie da tue, sie hebt den Blick und fragt zurück, ob es ihm keinen Spaß mache.

Pietro hält sie fest, streichelt ihre Haare, diese seltsamen Augen, die Lippen zu einem Lächeln verzogen, das jetzt den unvollkommenen Zahn verbirgt.

Ja, sagt er, mir macht es Spaß, aber dir nicht, was ist los?

Sie steht auf, dreht sich zum Fernseher um, zum Fenster, zum Hof, zum Dorf, hält die Hände auf der Brust, die Angst, Pietro anzusehen, der stumm wartet und nur atmet.

Ich muss dir was sagen, sagt sie.

Was denn?

Ich will nicht, dass du wütend wirst.

Ich werde nicht wütend.

Das sagst du jedes Mal.

Versprochen.

Ich habe sowieso schon entschieden.

Was?

Ich bin schwanger.

Pietro springt auf, fuchtelt mit den Armen, sucht Worte, die er nicht findet, eine Wut, die er nicht findet, er merkt, dass er nichts spürt, nichts fühlt, keine Wut, keine Liebe, weder Glück noch Enttäuschung, er zieht seine Jacke an, antwortet nicht, als sie ihn fragt, wo er hingeht. Er blickt sie an und sieht die Überzeugung, die Gewissheit in ihrem Gesicht, die Entschlossenheit in ihren tränenlosen Augen, in der Hand, die seinen Arm packt, in der Stimme, die nicht nachgibt, die zu ihm sagt, komm zurück.

Pietro geht hinaus und schließt leise die Tür, sieht die Straßenlaternen und den Nebel, sieht Fabbrico, das sich in der Kälte zum Zentrum hinstreckt, die Fabrik, die Häuser, die brennenden Lampen, kein Mensch unterwegs, kein Auto weit und breit.

Auf einem Mäuerchen sieht er eine Katze hervorkommen, sie miaut, springt herunter und folgt ihm.

Die Lokale sind geschlossen, ebenso die Haustüren, die Piazza ist wie leer gefegt, leer die Bänke, leer die Grünanlagen, da sind nur er und diese Katze, die brennende Zigarette, der Rauch, der sich im Dunst verliert, der aufgerichtete Katzenschwanz, der hypnotisch tanzt.

Der Himmel ist hinter einem Feuchtigkeitsschleier verborgen, die Straßen, wo er als Kind herumrannte, mit dem Fahrrad hinfiel, wo er mit der Ape seines Vaters entlangfuhr, mit den Autos, die sie nach und nach hatten und in denen er mit Miriam die ersten Küsse tauschte, die Straße, wo das Haus stand, in dem er geboren wurde.

Das Haus und das Grundstück gibt es nicht mehr, stattdessen stehen dort jetzt ein paar Reihenhäuser, dazu ein Spielplatz, ein kurz geschnittener Rasen, einige Bänke, ein moderner Stall, der hinter all dem aufragt, was gewesen ist.

Ein Spielplatz, der jetzt menschenleer ist, den er vom Straßenrand aus betrachtet, ohne den Mut aufzubringen, hinzugehen.

Er würde sich gern auf eine der Bänke setzen, in der gespenstischen Atmosphäre dieser vom Windhauch bewegten Schaukeln herumlaufen, deren Ketten leise quietschen, beinahe im Rhythmus seines Atems.

Er zündet sich noch eine Zigarette an und würde sich gern an die Dicke der Mauern jenes Hauses erinnern, an die Gerüche, an irgendeine Episode, die dort geschehen ist, er würde sich gern deutlich an die Stimmen seines Vaters und seiner Mutter erinnern, im Kopf das Lachen hören, das bestimmt jene Zimmer erfüllte, die Stille, wenn es Schlafenszeit war, den Frust, wenn er nicht einschlafen konnte und unerwartet mitten in der Nacht losbrüllte. Er würde sich gern an das Gesicht seiner Mutter erinnern, während sie ihn auf dem Arm hielt, während sie ihn wiegte und ihm Schlaflieder vorsang, an ihren Duft, an den Geruch, wenn das Essen fertig war.

Als er sich bückt, um die Katze hochzuheben, die schnurrend um seine Beine streicht, als er sie zu streicheln beginnt und sich auf eine der Bänke setzt, als die Katze irgendwo in der Anlage hinter den Bänken, den Schaukeln, den Häusern und dem Stall verschwindet, würde er gern seinen Vater fragen, warum er ihm nie von ihr erzählt hat, warum er ihr nicht nachgerannt ist, warum er sie nicht eiligst nach Hause zurückgeholt hat.

Zu viele Dinge würde er ihn gern fragen, ihn, seine Großeltern, die Freunde seines Vaters, einfach alle, die sie gekannt haben, er hätte gern einige Anhaltspunkte, winzige Indizien, nur um sicher zu sein, dass es diese Frau, seine Mutter, tatsächlich gegeben hat, dass sie einmal eine reale Person gewesen ist und nicht nur ein Phantom, von dem er nun erwartet, dass es in diesem feinen Nebel vor den Ruinen seiner Vorstellungskraft erscheint.

Ein Phantom mit langen, offenen Haaren, stellt er sich vor, mit scharf geschnittenen Zügen, denen ähnlich, die er jeden Morgen im Spiegel sieht, er hofft, dass es sich zeigt, stellt sich vor, dass es ihm die dünnen Arme entgegenstreckt, wartend, regungslos.

Und jetzt ist es da, mitten im Nebel, im schwachen Schein der Straßenlaternen, der kaum den Dunst durchdringt, ein Phantom, das nur mit einem Nachthemd bekleidet ist, das aus dem Dunkel tritt und sich ihm nähert. Pietro müsste Angst haben, hat aber keine.

Das Phantom seiner Mutter steht jetzt vor ihm, die Augen glänzen in der Finsternis dieser Nacht, sie versprechen Ruhe und Zukunft und Heimat, es sind die gleichen Augen wie seine.

Pietro dreht sich um, blickt sie an und sieht sie lächeln, während sie die Hand hebt, um ihn zu streicheln, eine Hand, die aus Nebel besteht wie alles, was ihn in dieser Anlage umgibt, eine Hand, die er warm auf seiner Haut spürt wie die Stimme, die ihm in seinem Kopf etwas zuflüstert, die Stimme, die er erkennt.

# ZEHN

Ettore betrachtet den Himmel, das Rot, das über dem Dach des Supermarkts aufflammt, über den Feldern, die sich bis zu den anderen, unsichtbaren Dörfern hinziehen, es ist, als gäbe es sie nicht, man hat ihm gesagt, diese Farben seien künstlich, verursacht durch die Umweltverschmutzung, aber das ist ihm egal.

Er mustert den neben ihm gestapelten Tuffstein, die Ziegel, durch die das Beet allmählich Gestalt annimmt, wo er die Eiche für seinen Enkel pflanzen wird. Er mustert Pietro, der auf der Bank vor dem Haus sitzt, er freut sich, dass sein Sohn und Miriam hier sind, dass sie beschlossen haben, in die Wohnung unter seiner zu ziehen, es gefällt ihm, ihre Geräusche zu hören, wenn sie streiten, wenn sie sich versöhnen, Pietros Feinfühligkeit während dieser neun Monate miterlebt und gesehen zu haben, wie Miriam sich Tag für Tag veränderte, ihre Gesichtszüge weicher wurden und der Bauch wuchs.

Er geht in den Schuppen und wäscht den Eimer aus, säubert die Kelle, den Hammer und den Meißel, wäscht sich Gesicht und Hände, schwemmt den Schweiß dieses Sommers weg, der genauso zu sein scheint wie der Sommer, in dem Pietro geboren wurde, ein Sommer, der ihm vorkommt wie ein Traum, unendlich fern.

Er setzt sich zu seinem Sohn auf die Bank, beide schauen stumm auf einen unbestimmten Punkt, die Magnolie, die Lorbeerhecke, die die Werkstatt und ihr Haus umgibt.

Er findet nicht die richtigen Worte für seinen Sohn, der gerade Vater geworden ist, er wünschte, er wüsste sie, könnte sie laut sagen, und denkt, dass es sie nicht gibt.

Sie betrachten die Stelle, wo sie Briciola begraben haben, den kleinen, vom Grün des Gartens geschluckten Hügel, und den Stein, der bezeugt, dass sie da liegt, schweigend starren sie auf diesen Punkt, um sich vielleicht zu erinnern, um es sich vorzustellen.

Keiner von beiden bewegt die Hände oder die Füße, keiner verändert seine Haltung, erschlagen von so viel Nähe sitzen sie einfach da, Vater und Sohn, in einer Ruhe, die Pietro nicht seltsam vorkommt, die Stille gibt ihm sogar die Kraft, sie mit einer Frage zu unterbrechen.

Meinst du, fragt er, Briciola hat die Trennung von ihrer Mutter jemals verwunden?

Sie drehen sich nicht um, sehen sich nicht an, sitzen immer noch da, ihre Hände streichen jetzt über die Haare, kratzen an der Haut, die das T-Shirt frei lässt. Ettore weiß nicht, was er sagen soll, er denkt an Pietros Mutter, an das, was er seinem Sohn gern erzählen würde, wenn er könnte, an die Nächte, in denen er zuhörte, wie sie ihm zum Einschlafen immer dasselbe Lied von Francesco Guccini vorsang: *tentare goffi voli d'azione o di parola, volando come vola il tacchino.* Plumpe Flugversuche wagen, in Taten oder Worten, fliegen wie ein Truthahn fliegt.

Wieder ist es dann Pietro, der anfängt, noch immer ohne sich umzuwenden sagt er, es habe einen Augenblick gegeben, in dem er dachte, er hätte sie getötet.

Sein Vater bleibt stumm, schaut vor sich hin, und auch Pietro schweigt jetzt, dreht sich schließlich doch zu diesem Mann um, der neben ihm sitzt, zu diesem wer weiß wo verlorenen Blick, Schauder überlaufen seine Arme, Bilder stürmen im Kopf auf ihn ein im Licht dieses Sonnenuntergangs, der den Himmel entflammt und die Luft erwärmt, er kann kaum atmen und beschließt zu glauben, dass es sich nur um Wahnvorstellungen handelt.

Marisa bringt ihnen zwei Flaschen eiskaltes Bier, küsst Ettore auf die Stirn.

Komm her zu uns, bitten alle beide, setz dich.

Nein, sagt sie und sieht Vater und Sohn an, sieht ihre verstörten Augen und würde ihnen gern sagen, dass alles leichter sein könnte als so.

Ich habe noch im Haus zu tun, sagt sie. Ich kann nicht.

Sie trinken schweigend, bis die Sonne den Himmel violett färbt, bis nur noch die Strahlen übrig sind, die vom Horizont ausgehen, bis an diesem Himmel der Mond und die Sterne erscheinen, unschuldig wie das neugeborene Kind, während Pietro sich fragt, ob er fähig sein wird, es aufzuziehen.

Er schafft es, seinen Vater erneut anzuschauen, die Falten um die Augen, die gealterten Hände, die das Bier halten, er erkennt die Grimasse, die er macht, wenn er sich auf die Lippe beißt, den Bauch, und würde gern noch etwas zu ihm sagen, fähig sein, die Worte zu benutzen, die nicht kommen wollen, schließlich streckt er schweigend die Flasche aus, um mit dem Vater anzustoßen, der jetzt lächelt, der zurückdenkt an den Tag, als sie Briciola abgeholt hatten, wie sein Sohn gerannt war, um sie einzufangen, sie in dieser Kiste zu halten, er denkt daran, was für ein schöner Tag das war, und fragt Pietro, ob er sich noch an den Fasan erinnere.

Pietro erinnert sich, er war etwa sieben Jahre alt, im Hof wurde laut sein Name gerufen, er lief zum Fenster, sein Vater hielt etwas im Arm, das er nicht erkennen konnte.

Komm runter, hatte er gesagt, beeil dich.

Und Pietro hatte die Tür hinter sich offen gelassen, war die Treppe hinuntergestürmt, keuchend im Hof angekommen, wo sein Vater kniete und zu ihm sagte, komm her, schau.

Er hatte sich vorsichtig genähert, sein Vater hielt etwas zwischen den Händen, das wie ein Vogel aussah, man sah den Schwanz, die Krallen, er rührte sich nicht, die Hände seines Vaters umfassten den Brustkorb, um die Flügel niederzuhalten.

Den haben sie in der Werkstatt gefunden, sagte er zu ihm, versuchen wir mal, ihm die Haube abzunehmen?

Was passiert dann?

Nichts, es passiert nichts. Keine Angst.

Also gut, nimm sie ab.

Bist du bereit?

Ja.

Schau, wie schön er ist.

Er hatte beobachtet, wie sein Vater dem Fasan die Haube abnahm, die sie ihm hatten überstülpen können, und der Vogel hatte seinen Hals blitzschnell zum Gesicht des

Kindes hingestreckt, das staunend die grünen Federn betrachtete, die kleinen Augen in der Mitte dieser roten Flecken, die keinen Sinn hatten, und den Schnabel, der sich in seine Wangenknochen bohrte, wenige Millimeter neben dem Auge.

Ja, sagt Pietro jetzt, ich erinnere mich an den Fasan.

Noch immer lächelnd, steht sein Vater auf und geht ins Haus, lässt ihn allein auf der Bank, wo er hinter den Blättern der Hecke Fabbrico betrachtet und überlegt, ob er Miriam im Krankenhaus anrufen soll, ob er ihr eine SMS schicken soll, sie fragen soll, wie es ihr und dem Kind geht.

Er schiebt das Handy wieder in die Tasche, umgeben vom Summen der Insekten an diesem kühl werdenden Abend, blickt seinen Vater an, der zurückkehrt, stehen bleibt und sich nicht setzt, der ihm etwas hinhält, das wie ein Heft aussieht, und nichts dazu sagt, als Pietro es nimmt.

Pietro beginnt zu lesen, streicht mit den Fingern über die runden Buchstaben der Überschrift, über die Zeichen, die ein blauer Kuli hinterlassen hat, es sind nur Wörter, die sich seine Mutter ab dem Tag seiner Geburt notierte, ein Tagebuch, in dem seine ersten Monate beschrieben sind, Wörter, die nie verraten, wie sie sich wirklich fühlte, die nie in die Tiefe gehen, die nie von seinem Vater handeln.

Es sind nur Tatsachen, gefühllos aneinandergereiht in Tagen, die Pietro sich endlos langweilig vorstellt.

*Heute zum Abendessen Gulasch gekocht*, steht da.

Mit geschlossenen Augen, barfuß auf dem Gras, die Schuhe vor sich, überlässt er sich einer so realen Fantasie, dass ihm scheint, als rieche er das Fleisch auf dem Feuer, höre das Gemüse kochen und das Geräusch des Messers auf dem Brett beim Schneiden der Karotten, Zwiebeln, Selleriestangen und Kartoffeln.

Er stellt sich seine Mutter vor, mit dem Rücken zu ihm, konzentriert, die Finger, die die Haare hinters Ohr schieben, wie sie mit der Gabel in die Kartoffeln sticht, ob sie gar sind, sich die Hände an einem Lappen abwischt, der rote Flecken von Tomatensoße aufweist.

Er sucht nach Ungenauigkeiten auf diesen Seiten, nach kleinen Klecksen im Geschriebenen mit diesem Stift, der sich nie vom Blatt zu lösen scheint, er sucht nach Augenblicken von Ermüdung, von Niedergeschlagenheit, nach Anzeichen dafür, wann sie zum ersten Mal daran gedacht hat wegzugehen, nach Momenten der Euphorie, Lächeln, Tränen, Wut, Stolz.

Er findet nichts, sieht nur, wie die Entschlossenheit, jeden Tag zu schreiben, im Lauf der Zeit abnimmt, die Abstände zwischen den Daten oben auf der Seite werden größer, erst fehlen Tage, dann Wochen, sie erreicht seinen dritten Monat, dann den vierten. Und im vierten schreibt sie wieder täglich, bis zur letzten Seite, bis zu dem Novembertag, an dem seine Mutter dieses Tagebuch mit folgenden Worten beendet: *Heute ist ein guter Tag, er hat nur sechzehn Stunden geschrien.*

Als er zu Ende gelesen hat, steht er auf, fährt sich mit der Hand übers Gesicht, zündet sich eine Zigarette an und geht rauchend mit dem Tagebuch in der Hand auf und ab. Dann läuft er zur Garage, öffnet das Tor, bahnt sich einen Weg zwischen den Kisten, sucht nach seinen Büchern von der Uni und wirft einen letzten Blick auf dieses Tagebuch, bevor er es da hineinfallen lässt, bevor er alles wieder zumacht.

Er geht ins Haus zurück und macht sich fertig, um in die Bar zu gehen, um zu feiern, dass er Vater geworden ist.

Er wählt den längeren Weg, hält die Hand aus dem Fenster und spielt mit dem Fahrtwind, er hat es nicht eilig, nimmt die gerade Straße hinunter zur Piazza, kommt an der ehemaligen Fabrik seines Schwiegervaters vorbei, mustert das verrammelte Tor, den Rost auf dem Metall, das Unkraut, das zwischen den großen Behältern im Hinterhof wuchert.

Er fährt durch die Straße, wo die Schulen sind, die eines Tages auch sein Sohn besuchen wird, fühlt, dass sich im Schatten, den die Bäume auf den Asphalt werfen, die Luft verändert, fährt an der Carabinieri-Station vorbei und am Schloss; als er rechts abbiegt, sieht er Leute, die vor dem Gefallenendenkmal ein Eis essen, grüßt einige, die zurückgrüßen, und andere, die ihn nicht erkennen, biegt links ab, und Fabbrico zieht seitlich an ihm vorbei, die Häuser, die Dächer und die Zäune, die Blumenbeete und die Grünanlagen, die jetzt viel mehr sind als früher.

Er betrachtet das Land, das sich rechts von ihm auftut, die weiten Felder in der Dunkelheit, den wachsenden Mais und die geschlossenen Sonnenblumen.

Er lässt den Kanal links liegen, riecht den Stallgeruch, der durchs Fenster hereinweht, den Dünger, der im Morgengrauen ausgebracht wurde. Er fährt an den letzten Häusern vorbei, den Neubauvierteln, den erleuchteten Fenstern, an Leuten, die im Freien die Kühle genießen, Kindern, die noch in den Gärten spielen; er begegnet der Frau in Schwarz, der Hexe, und würde gern anhalten, um sie zu fragen, ob sie es war an jenem Abend auf dem Spielplatz, ob sie ihm das Phantom seiner Mutter geschickt hat, lässt sie aber in ihrer Kapuze und diesen Schuhen vorbeigehen, folgt ihr mit dem Blick im Rückspiegel und sieht sie im Schatten einer unbeleuchteten Gasse verschwinden, zwischen dem Weiß der Wohnblocks und den geparkten Autos.

Er fährt weiter und hört schon von Weitem die Stimmen, die Musik, sieht das lila Schild der Bar, das im Dunkeln die Straße und den Vorplatz erleuchtet, sieht seine Freunde, die draußen sitzen, rauchen und trinken, die Hände heben, um ihn zu begrüßen, hineinlaufen, um flaschenweise Prosecco zu bestellen, es gibt etwas zu feiern, schreien sie, als sie ihn parken sehen, wir müssen anstoßen.

Sie umarmen ihn und klopfen ihm auf die Schulter, necken ihn, und Pietro lächelt, spielt mit, denkt an Miriam und trinkt, denkt an sein Kind und trinkt; er kippt die Gläser auf einen Zug, leert Flaschen und erwidert die Umarmungen der Leute, die Küsse, die Bice ihm auf die Wangen drückt.

Sie sprechen über den Dorfklatsch, über den Unfall von Davide und Valerio, Davide wird wohl entstellt bleiben, sagen sie zu ihm, Valerio ist offenbar tot.

Er fragt, wie es Anela geht, und keiner weiß etwas, keiner antwortet ihm, und jemand entkorkt noch eine Flasche und sie trinken wieder und prosten ihm zu und Pietro lacht wieder und beginnt zu torkeln, sich an den Schultern seiner Freunde festzuhalten, die ihn aus der Bar führen und auf ein Fest am Fluss mitnehmen.

Ich fahre mit dem Auto, sagt Pietro, dann bin ich ruhiger, wenn Miriam mich anruft.

Sie nehmen dieselbe Straße, die er fährt, wenn er die Großeltern besucht, die sein Vater fuhr, um seine Mutter abzuholen, klettern über den Damm und gehen ein Stück in den Wald, der bis an den Fluss reicht, die Dunkelheit von den Scheinwerfern der Autos erhellt.

Es sind sehr viele Leute da, und Leuchtkugeln sausen in den Himmel, blinken zwischen den Sternen, färben den Mond in unnatürlichen Tönen, grün und violett und orange, die Musik ist dröhnend laut und vibriert in Pietros Bauch, während er sich der Theke nähert, sich mit den Ellbogen durchkämpft, weiter lacht, die Parfüms schnuppert, die schweißglänzenden Rücken der Mädchen in ihren kurzen, weit ausgeschnittenen Kleidern betrachtet und von Weitem, jenseits der Köpfe, der Steine und der Bänke Gaia entdeckt, die ihn anschaut.

Gaia drängt sich durch die Leute, geht schnell, wieder wirkt es, als öffnete sich die Menge vor ihr, sie trägt ein leichtes Jeanskleid und eine Blume im Haar, sie ist genau wie an jenem Tag auf der Toilette, damals an Weihnachten. Sie ist genau wie meine Mutter, denkt Pietro, während er sie näher kommen sieht, ohne den Blick von ihr zu wenden, und seine Freunde vergisst.

Auch ihr Duft ist gleich, als sie zu ihm tritt, sich wieder auf die Zehenspitzen stellt, um ihn auf die Wange zu küssen, und sagt, ciao, Bauernlümmel.

Der Duft ihres Atems ist gleich, ihr Blick, ihr Schmollmund, die Augen, die aussehen, als hätten sie gerade geweint.

Dort bei all dem lauten Palaver, der Musik und den zuckenden Lichtern, die in den Augen schmerzen, können sie sich nicht unterhalten. Sie entfernen sich ein Stück, Gaia hält seine Hand, und setzen sich auf einen hohlen Baumstamm an der Böschung des Po, der sehr wenig Wasser führt und träge unter ihnen vorbeifließt. Sie verscheuchen die Schnaken, trinken aus ihren Bechern, lachen und erzählen sich, was in diesen Jahren passiert ist. Meist hört Pietro zu, lauscht dieser Stimme, tief und bebend wie immer, die von den Jahren in Madrid erzählt, davon, wie sie sich verliebt hat, wie sie in einem Lieferwagen gelebt hat, in ganz Spanien herumgekommen ist, und wie es dann aus war mit diesem Mann, der sie schlug.

In Gaias Augen sieht Pietro die Melancholie, die Trauer darüber, wie ihr Leben in der Ferne hätte sein können, wie befriedigend es hätte sein können und doch nicht gewesen ist.

Als Gaia schweigt, zündet er sich eine Zigarette an, und auch sie blickt jetzt auf das schmutzige Wasser, erhellt vom Mond und den Lichterketten im Geäst der Bäume, dann dreht sie sich um und fragt, ob sie mal ziehen darf.

Pietro schaut sie an und stößt den Rauch aus, seine Kehle fühlt sich rau an, er trinkt einen Schluck aus dem Plastikbecher, den er in der Hand hält, und erwidert, nein, ziehen lasse er sie nicht, wenn sie wolle, könne sie eine ganze Zigarette haben; sie neckt ihn, drängt ihn, los, was kostet dich das schon.

Nein, hör auf, lacht Pietro, während er die Sandalen abstreift, um das Gras unter den Füßen zu spüren, um Gaias

Haut zu spüren, als er sie mit den nun nackten Zehen in die Beine zwickt und sie sagt, er solle sich die Latschen wieder anziehen, seine Füße stinken.

Jetzt sehen sie sich an, und Pietro denkt an Miriam, an seinen Sohn, er denkt an den Abend an dem Tor, in dieser Toilette, er denkt an Gaias Küsse, daran, wie sie halb nackt über ihm war, daran, wie er zum ersten Mal Kokain probiert hat, an ihren Mund und ihr schiefes Lächeln, an ihren Blick, an das alles denkt er, als sie zu lachen aufhört, sich zu ihm beugt, um sein Ohrläppchen zwischen die Lippen zu nehmen, um ihm zuzuflüstern, komm nachher zu mir.

Pietro betrachtet den Fluss, den wolkenlosen Himmel, das Ufer auf der anderen Seite des Flusses, der fast kein Wasser hat, diese ruhige, träge Strömung, er denkt daran, wie sein Großvater hier mit ihm spazieren ging, wie er zu ihm sagte, sie müssten aufpassen, der Fluss sei gefährlich, man könne nicht darin baden. Er betrachtet das verfallene Restaurant dahinter, fragt sich, ob seine Eltern je dort gewesen sind, denkt an seinen Vater zu Hause, an den Gesichtsausdruck, als er ihm das Tagebuch seiner Mutter aushändigte. Er betrachtet seine Füße, die neben Gaias Füßen baumeln, wirft die Zigarette weg und sieht, wie sie im Gras verlöscht, sieht den dunklen Schatten einer Katze, die vorbeihuscht, um sich zu verstecken. Er dreht sich um und blickt Gaia an.

Ja, sagt er zu ihr.

Beim Fahren konzentriert er sich auf die Straße, auf die Gerüche, die hereinwehen, auf den Asphalt im Scheinwerferlicht und auf ihren Duft, als sie sich die Blume aus dem Haar nimmt. Sie lassen den Fluss und die Felder hinter sich, Pietro hofft, dass sie die Hand ausstreckt, um ihn zu streicheln, und hofft zugleich, dass sie es nicht tut, er fürchtet, die Erregung, die er fühlt, könnte explodieren, schämt sich schon bei dem Gedanken, fragt sich, wie es sein wird, werden sie zärtlich sein, wie wird es sein, sie wieder zu küssen, ohne Verlegenheit im Tun und in den Worten, während sie sagt, er solle parken, sie seien da.

Sie steigen aus und Pietro zündet sich eine Zigarette an, Gaia mustert ihn und lächelt schief, lass mich mal ziehen, sagt sie, während sie sich umdreht und auf das Tor eines alten Wohnblocks zugeht.

Sie kommen in einen begrünten Innenhof, Wäschetrockner versperren den Gehweg, über ihnen stehen die Fenster offen, und Pietro macht die Zigarette aus. Jemand hustet und bei jemand anderem läuft der Fernseher, Gaia dreht sich um und zeigt auf den Treppenaufgang, den sie nehmen müssen, ihm fällt der Nachmittag bei Miriam wieder ein, als sie zum ersten Mal miteinander geschlafen haben, er denkt an die Unschuld, fühlt sich jetzt wie damals. Er fühlt, dass seine Hände schwitzen, und fühlt schon Gaias Haut auf sich, ihren Duft, das Jeanskleid, das leicht auszuziehen ist. Beim Eintreten ist die Wohnung so, wie er sie sich vorstellt, wie er sie sich all die Jahre vorgestellt hat, sie ist winzig und die Kleider liegen auf dem Stuhl und auf dem Tisch, es sind dieselben, die Gaia im Gymnasium trug, die Bücher sind dieselben, die sie im Gymnasium las, und Pietro ist derselbe, der sie in jener Toilette zum ersten Mal gesehen hat, derselbe, der sich hat zeigen lassen, wie man Kokain schnupft, und dann nähert er sich ihr, sie wartet an den vollgestellten Herd gelehnt, blickt ihn von unten herauf an, streckt ihm die Hände entgegen und drückt ihn an sich, als er sie küsst, als sie spürt, wie sich seine Hände unter ihr Kleid schieben, es abstreifen und auf den Boden fallen lassen, als er ihre winzigen Brüste küsst und leckt und daran saugt, als er sich vor sie kniet, ihren Bauch berührt, zur Leiste gleitet, als sie ein Bein hebt und es auf seine Schulter stellt und er beginnt, sie zu küssen. Der Geschmack ihres Safts, der ihre Schenkel nass macht, ist derselbe, die Hände, die sich in seine Haare krallen, sind dieselben, die Laute, die sie beim beginnenden Orgasmus von sich gibt, sind dieselben. Und es ist dasselbe, als er sich wieder aufrichtet und sie wieder küsst, sie hochhebt und mit ihr ins Schlafzimmer geht, bis zu dem zerwühlten Bett, es ist dasselbe, als er sich von ihr ausziehen lässt und ihre Zunge über seine Haut wandert, als ihre Hände nach seinem Gürtel greifen und seine Hose öffnen, ihn über dem Slip streicheln, ihr Lächeln, als er ihn auszieht. Es ist dasselbe, zu sehen, wie sie ihre Haare wieder zusammenfasst, die an der Tür durcheinandergeraten sind, sich zu zügeln, um nicht sofort zu kommen, um ihr Gesicht in die Hände zu nehmen und ihr zu helfen, sich auf ihn zu legen, damit die zwei älter gewordenen Körper erneut perfekt harmonieren, die Orgasmen gleichzeitig sind, ihre Schreie und seine Laute eins werden, ihre Hände und Füße, ihre Küsse und ihre Nasen, die beim Küssen aneinandergeraten, in der Hingabe verschmelzen, in der Zeit, die nicht vergangen zu sein scheint. Sie küssen sich, danach, rauchen dieselbe Zigarette, während sie über Pietros Zugeständnis lachen, sich in der Schwüle des Apartments schweigend und schwitzend auf den zerwühlten Laken in den Armen liegen.

Heute bin ich Vater geworden, sagt er zu ihr, als die Zigarette zu Ende ist, der Zauber gebrochen ist und sie wieder sie selbst werden. Er sieht Gaia nicht an, während er es sagt, sieht sie auch nicht an, als sie sich aus der Umarmung löst, aufsteht und barfuß ins Bad geht, ohne etwas überzuziehen, nackt, ohne ein Wort die Tür schließt und die Dusche anstellt, der Pietro lauscht, während er sich wieder anzieht und das Haus verlässt.

# ELF

Auf der Heimfahrt taucht endlich das Land wieder vor ihm auf, die Farben im Mondschein, die Sterne an einem dunklen, leichten, unendlich fernen Himmel. Er sieht das Grün und die Hasen, die auf der gemähten Futterwiese springen, die Lichter der Dörfer im Hintergrund, an den Horizont dieser Ebene gedrängt, die nach Salami und Brot duftet. Da er keine Lust hat, nach Hause zurückzukehren, fährt er langsam und nimmt die frischen Gerüche dieses Sommers auf, das frische Heu, den Geruch eines Stalls, der ihm in die Nase sticht, sodass er sich kratzen muss.

Auf einem kleinen Platz etwas weiter vorn hält er an, hört innerlich Miriams Stimme, die sagt, er solle nicht im Auto rauchen, steigt aus und zündet sich an die Kühlerhaube gelehnt eine Zigarette an, betrachtet den Himmel und die Sterne, die Felder und die Bäume, die Schatten, die länger werden auf dem Asphalt, die dunklen Umrisse des Stalls mitten in dieser Landschaft.

Er springt über den Graben neben der Straße, lauscht dem Quaken der Frösche und dem Ruf eines wer weiß wo versteckten Käuzchens, er entsinnt sich nicht mehr, wer ihm gesagt hat, man dürfe diesen Ruf nie nachahmen, das bringe Unglück. Er stolpert und fällt beinahe, rutscht mit einem Fuß auf dem wahrscheinlich vom Tau feuchten Gras aus, weiß nicht, wie spät es ist, schaut zum Horizont, doch die Sonne sieht man nicht, man sieht nicht das Rosa und Orange der Morgenröte, man sieht nur das Dunkel dieser Nacht, gemildert von den Straßenlaternen; er verliert nicht das Gleichgewicht, bleibt aufrecht und geht weiter, unter seinen Füßen die rissige Erde, die Furchen, die die Traktoren und das Wasser, das der Sprenger himmelwärts jagt, hinterlassen haben. Er erinnert sich, wie sein Vater ihn als Kind mitnahm, um die Regenbögen zu sehen, die unter dem Strahl der Pumpen entstanden.

Im Gehen hat er keine Angst vor den Geräuschen der grabenden Maulwürfe, der springenden Hasen, der unweit im Kreis fliegenden Fledermäuse, er sieht nur den Stall, der verfallen zu sein scheint, eines dieser alten Gebäude aus Backstein und Holz, wo zwischen den Ritzen der Schimmel wächst. Er tritt auf die Steine, um das hölzerne Tor zu erreichen, klammert sich mit aller Kraft an den rostigen Riegel, der es zuhält, zieht und hört, wie das Eisen in den Angeln quietscht, während ihm vor Anstrengung der Schweiß den Rücken hinunterläuft. Er blickt um sich und sieht niemanden, nicht sehr weit weg steht ein Haus, er wartet, ob ein Licht angeht, ob ihn jemand gehört hat, und merkt, dass es ihm egal ist, dass er nicht weglaufen würde, wenn jemand aus dem Fenster schaute, sondern demjenigen ganz ruhig erklären würde, warum er hier ist.

Der Geruch drinnen ist zum Ersticken und es ist kalt, Pietro bleibt stehen und schnappt nach Luft, die Hände auf den Knien wartet er, bis sich das Unwohlsein legt, dann geht er weiter durch den Gang zwischen den Boxen, durch die Stille, die ihn umgibt, durch die Atemgeräusche der Tiere, die ihn nicht bemerkt haben, schaut in eins der Abteile und sieht ein Schwein, rosa und schlammbeschmiert, er mustert es und begreift, dass es möglich ist, es zu lieben, er klettert über die Mauer und merkt, dass das Schwein aufwacht, jetzt schaut es ihn regungslos an, anscheinend stört er es nicht. Pietro fasst Mut und streckt eine Hand nach der feuchten, schmutzigen Schnauze aus, hält den Atem an und wartet, was geschieht.

Das Tier rührt sich nicht, riecht an den Fingern, ohne je den Kopf zu heben, und macht die Augen wieder zu. Daraufhin setzt Pietro sich, fühlt, wie seine Hose schmutzig wird, sein T-Shirt schmutzig wird, lehnt sich an das Backsteinmäuerchen, das die Boxen begrenzt, hört Ettores Stimme, die ihm die Geschichte von seinem Schwein erzählt, und schläft ein.

Die Hitze, die durch die Türe hereinkommt, weckt ihn, er ist schweißgebadet, das Schwein schläft weiter, als Pietro blinzelnd aufsteht und sich die Augen reibt, er fühlt sich ausgeruht und ruhig. Er verlässt die Box und geht ins Freie, jetzt ist die Luft frisch, die Sonne noch nicht zu sehen, sie steigt an einem dunstigen Himmel empor, das Auto parkt noch am Straßenrand, das Land rundherum wirkt anders als gestern Abend. Ihm ist, als seien Tage vergangen, er schaut auf das Handy und sieht eine SMS von Miriam, ihr und dem Kind geht es gut, liest er, sie haben fast die ganze Nacht geschlafen, dann steckt er das Handy wieder ein, ohne ihr zu antworten. Er geht, hat einen schlechten Geschmack im Mund, zündet sich eine Zigarette an, die er ausdrückt, bevor er ins Auto steigt, um nach Hause zu fahren.

Vor dem Tor wundert er sich einen Augenblick, dass Briciola ihm nicht entgegenspringt, dann sieht er seinen Vater auf der Bank vor der Türe sitzen; er lässt das Auto im Hof stehen, steigt aus und schiebt die Hände in die Hosentaschen, schaut im Gehen auf den Boden, ohne Ettore anzublicken, der schweigend nach vorn gebeugt dasitzt, wartend, die Hände zwischen den Beinen verschränkt.

Dann endlich entschließt er sich und fragt Pietro, wo er gewesen sei, was er gemacht habe.

Schöne Zeit, um nach Hause zu kommen, sagt er.

Pietro sagt nichts, zieht den Schlüssel aus der Tasche und versucht, ihn ins Schloss zu stecken, um die Tür aufzusperren, und jetzt steht sein Vater auf, die Stimme klingt verzerrt vor Wut, als er ihm die Hand auf die Schulter legt, als er ihn zwingt, innezuhalten, sich umzudrehen, ihn anzusehen, wie er da neben ihm steht, kleiner als er, in die enttäuschten Augen zu blicken, die ihn fixieren, die auf seine Reaktion warten.

Am liebsten würde er gar nichts tun, nur stumm dastehen und warten, dass der Griff seines Vaters sich lockert, dass er ihn gehen lässt; er versucht, die Hand abzuschütteln, aber es gelingt ihm nicht, also packt er den Vater, der schweigt und sich nicht rührt, am Handgelenk.

Er drückt zu, so fest er kann, zieht und fühlt, dass der Griff den Halt verliert, nachlässt. Sie stehen voreinander und starren sich mit wilden Augen an, reglos, es scheint, dass keiner von beiden nachgeben will, und reglos ist der jetzt blaue Himmel über ihren Köpfen.

Schließlich lässt Pietro das Handgelenk los und hört seinen Vater aufatmen, schnaufen und Luft ablassen, dann dreht er sich um und versucht erneut, ins Haus zu gelangen, so zu tun, als sei nichts geschehen, als sei sein Vater gar nicht da, als seien sie beide nicht da, er tut so und atmet tief durch, seine Hände zittern, als er den Schlüssel nimmt, ihn im Schloss dreht und seinen Vater sagen hört, du bist wie deine Mutter, du bist genau wie sie.

Pietro dreht sich um, und seine Hand, die vorher das Handgelenk festhielt, hebt sich, legt sich auf Ettores Hals, und Ettore erschrickt und reagiert, als er die Finger fühlt, die stärker zudrücken, als er fühlt, dass die Wut seines erwachsenen Sohnes gefährlich wird.

Er hebt jetzt ebenfalls die Hände und befreit sich, es ist beinahe einfach, genauso einfach ist es, seinem Sohn eine Ohrfeige zu versetzen, die im Sonnenlicht hinter ihnen in der Stille nachhallt, während Pietro stürzt und sein Vater über ihn herfällt.

Er zerrt an seinem T-Shirt, schlägt zu, wieder und wieder, schlägt ihm mit der flachen Hand ins Gesicht, und Pietro regiert nicht, er hält still, weint nicht und bleibt liegen, bis er schließlich auch eine Hand hebt, um die nächste Ohrfeige abzufangen, um zu sagen, es reicht.

Und Ettore sieht seinen Sohn an, sieht, wie er sich auf Knien aufrichtet, sich mit der Hand über den Mund fährt, das Blut an seinen Fingern betrachtet, aufsteht und langsam hinters Haus geht. Ettore folgt ihm, würde ihn gern rufen und sich entschuldigen, ihm zittern die Hände, die Beine, die Lippen, während Marisa auf dem Balkon erscheint und sieht, wie Vater und Sohn in der Garage verschwinden, Pietro vorne und Ettore dahinter.

Er schaut zu, wie sein Sohn die Kisten wegschiebt, die im Weg stehen, und dann auf die Kartons zustrebt, die auf dem von ihnen gemeinsam zusammengeschraubten Metallregal gestapelt sind, er schaut einfach nur zu.

Er schaut seinen Sohn an und denkt daran, wie er als Kind war, schaut ihm ins Gesicht und sieht die Spuren, die er darauf hinterlassen hat, die geröteten Backen, die geschwollenen Lippen, er schaut zu, wie Pietro hinaufklettert und balancierend mit einer Kiste in der Hand wieder herunterkommt, und merkt, dass er die Hände zu Fäusten geballt hat, die Nägel in die Handfläche gebohrt.

Er sieht, wie sein Sohn sich nähert, ihn mit der Schulter anrempelt und hinausgeht.

Er folgt ihm nach draußen, er schwitzt, trocknet sich die Stirn, lockert die Hände und bewegt die Finger, um den Kreislauf wieder in Gang zu setzen, um das Gefühl dieser Ohrfeigen loszuwerden, das Geräusch seiner Hände auf dem Gesicht seines Sohnes, der jetzt in der Mitte des Hofs kniet, die Kiste öffnet und das Tagebuch seiner Mutter herausholt.

Ettore sieht zu, wie er die Seiten herausreißt, und dabei verändert sich das Gefühl in seinen Fingern, er fühlt nicht mehr die Haut seines Sohns, sondern den weichen Stoff jenes Nachthemds, hat den versengten Geruch jenes Abends in der Nase. Er geht auf Pietro zu, der schluchzend die Seiten zerreißt, legt ihm eine Hand auf die Schulter, sagt, er solle aufstehen, und als der Sohn aufsteht und seinen Vater ansieht, der jetzt vor Rührung weint, fallen sie einander in die Arme und drücken sich, wie sie es nie getan haben.

# ZWÖLF

DAS KIND ÖFFNET DIE AUGEN, sie sind braun und lebhaft; es betrachtet die Decke, das Sonnenlicht, das mit den Schatten der zugezogenen Vorhänge, der Spielsachen und Möbel im Zimmer tanzt, die Risse in der blau gestrichenen Decke, die Hängelampe. Es weint.

Pietro hört es, wacht auf, bleibt mit geschlossenen Augen liegen und lauscht, wartet, dass sie sich bewegt, dass auch sie aufwacht; als er ihre Hand spürt, die seinen Rücken streichelt, rollt er sich mit einem Stöhnen zusammen, zieht die Knie an die Brust, die Hände unter dem Kissen; als er spürt, wie dieselbe Hand seine Schulter drückt, widersteht er der Versuchung, sie an den Mund zu führen, um sie zu küssen, und rührt sich nicht. Er öffnet die Augen erst, als er hört, wie Miriam ihm zuflüstert, er solle aufstehen.

Steh auf, sagt sie zu ihm.

Und da richtet Pietro sich auf, setzt sich auf die Matratze, das Weinen des Kindes klettert die Wände im Flur entlang, um hier zu explodieren, in ihrem Schlafzimmer; er stützt die Ellbogen auf die Knie, schlägt die Hände vors Gesicht, reibt es kräftig, er ist noch müde, fühlt sich, als hätte er nicht geschlafen. Einen Moment verharrt er so, möchte noch einmal ihre Stimme hören, noch einmal dieses Flüstern. Er dreht sich nicht um, sucht nicht ihren Blick, streckt die Hände nicht aus, wartet still, während das Kind immer weiter weint, noch heftiger; Miriams Stimme kommt nicht, Ettore malt sich aus, wie sie schmollt, zusammengekauert, zerzaust, schön und wütend, verknittert und parfümiert, er stellt sich den Abdruck des Kissens auf ihrem Gesicht vor.

Als er sich umdreht, liegt Miriam da, wie er es sich vorgestellt hat, die langen Haare, die sie sich hat wachsen lassen, fallen ihr übers Gesicht, man sieht nur die unwillig gekräuselten Lippen und die Nasenspitze.

Pietro schaut sie an und lächelt, das Kind weint weiter.

In dem Deckengewühl streckt sie einen Fuß aus, bis sie Pietro berührt, der noch da sitzt und sie betrachtet, schiebt ihn an der Hüfte an, geh zu deinem Kind, sagt sie ungeduldig schnaufend.

Wortlos geht er den Flur entlang bis zu der Tür, aus der das Weinen dringt.

Ich komme, sagt er, hier bin ich, sagt er, als er das Zimmer betritt, als er das in seinem Bettchen liegende Kind betrachtet, die aufgerissenen Augen, die zu weinen aufgehört haben. Er beugt sich vor und nimmt es auf den Arm, herzlichen Glückwunsch, sagt er.

Im Bad machen sie das, was sie machen müssen, Pietro putzt sich die Zähne, das Kind schaut ihn an, auf der Matte sitzend, es schaut seinen Vater an, während er es badet und ihm die Windel wechselt.

Sie gehen wieder ins Schlafzimmer, hier hat jemand Geburtstag, sagt Pietro, jemand, der seiner Mama unbedingt einen Kuss geben will, sagt er, während Miriam sich das Kissen über den Kopf zieht, während die ferne Stimme darunter lachend schreit, lasst mich schlafen, geht bloß weg.

Zu dritt liegen sie im Ehebett, sie streckt ihre Füße zu seinen hin, das Kind krabbelt zwischen ihnen, patscht ihnen unbeholfen ins Gesicht, spricht seine unverständliche Sprache, setzt sich und drückt die Ohren eines Plüschschweins an sich, betrachtet seine Mutter und seinen Vater, jeder auf seinem Kissen, während die Sonne auf dem Schrank glänzt, die gefalteten Kleider auf der Kommode beleuchtet, die methodische Ordnung im Zimmer, die Spielsachen auf den Nachttischen.

Wir sollten aufstehen, sagt Miriam und reibt sich das Gesicht.

Ich gehe schon, erwidert Pietro, bleibt nur liegen, ihr zwei.

In der Küche richtet er das Frühstück her, wärmt das Fläschchen mit Milch und geriebenen Keksen, macht Miriam einen Tee, tut Zucker hinein, aber keine Zitrone, stellt alles auf ein Tablett und trägt es ins Schlafzimmer, setzt sich aufs Bett und betrachtet, was aus ihnen geworden ist.

Er betrachtet Miriam, die an ihrem Tee nippt, pustet und ihn dann auf dem Nachttisch abstellt, damit er abkühlt, das Kind, das sich auf sie legt, seine Milch trinkt und durch das Fenster Sonne und Schatten an seinem ersten Geburtstag beobachtet.

Ettore hupt, und Pietro geht als Erster hinaus, zündet sich eine Zigarette an, nachdem er seinen Vater begrüßt hat, der an die Kühlerhaube gelehnt auf ihn wartet, der ein komisches Gesicht macht und nichts sagt, derselbe Vater, der jetzt, als Miriam und das Kind auch bereit sind, ein anderer Mensch zu sein scheint.

Moment, sagt Ettore, kramt in der Hosentasche, setzt ernst und stolzgeschwellt eine sternförmige Glitzerbrille auf und beginnt, mit Fistelstimme Zum Geburtstag viel Glück für das Kind zu singen, das strahlt und die Hände ausstreckt, um seinen Großvater zu streicheln.

Auch Pietro lacht, drückt die Zigarette aus, setzt sich auf den Beifahrersitz, entschlossen, diesen Tag durchzustehen, die Tortellini seiner Großmutter, die Geschichten seines Großvaters, Miriams Küsse, die tapsigen Küsse, die sein Kind gerade zu geben lernt, die verstümmelten Wörter, die aus seinem Mund kommen, wenn es sich richtig anstrengt, seine ersten Gehversuche; wild entschlossen, an diesem Tag voller fetter, am Horizont lagernder Wolken, grau und schwer von Regen, der hoffentlich nicht kommt, fröhlich zu lachen, wenn sein Kind auf die Windel fallen wird mitten in diesem Garten, in dem auch er tausendmal hingefallen ist.

Marisa mustert die Gruppe, viel Spaß, sagt sie, nachdem sie das Kind auf den Kopf geküsst hat, nachdem sie Miriam geküsst und Pietro zugewinkt hat, der sie anlächelt, nachdem sie Ettore, der ihr die Hand küsst, über die Wange gestrichen hat.

Unterwegs singen sie alberne Lieder, während Fabbrico wie gewohnt in offenes Land übergeht, die in der Schwüle unscharfe Sonne scheint auf die Kornfelder, die Bäume hinter dem Friedhof, die Birn- und Apfelbäume, die verschlungenen Äste der Rebstöcke und färbt sie mit feinen Nuancen und Schatten, den gleichen Schatten, die am Himmel auftauchen, sobald sie die Straße nach Novellara erreichen. Die Wolken hinter ihnen verblassen im grenzenlosen Blau.

Ettore fährt und klopft mit den Fingern auf dem Steuer den Takt des Liedes, das sie gerade hören, die Geschichte eines sprechenden Elefanten, der vor allem Angst hat und zum besten Freund einer Tanzmaus wird. Pietro betrachtet im Rückspiegel Miriam und das Kind, dann wieder draußen die sich enthüllende Ebene. Er sitzt da, ohne zuzuhören, versunken in dieses flache Land, das seine Heimat ist.

Als sie in Guastalla ankommen und in eine Nebenstraße jenseits der Staatsstraße einbiegen, sieht Ettore das Feld, wo er mit Pietro Eselsrennen besuchte, wo sie zwischen Mückenschwärmen das typische Schmalzgebäck aßen, und weiter hinten das näher kommende Dach des Hauses seiner Schwiegereltern, des Hauses, bei dessen Bau Ettore mitgeholfen hatte.

Im Morgengrauen brach Livio zur Baustelle auf, um Häuser für andere zu bauen, und am Nachmittag, wenn er dort fertig war, kam er zurück, um sein eigenes zu bauen, Ziegel für Ziegel, in aller Ruhe, der Ruhe, die man braucht, um etwas Schönes zu schaffen.

Am Wochenende, samstags und sonntags, half Ettore mit, sie begleitete ihn nie, sondern blieb daheim und wartete. Sie sprachen nie darüber, er fragte sie nichts, jedes Mal, wenn er sie diesbezüglich etwas gefragt hatte, hatte sie mit Abwehr reagiert, und das mochte er nicht, sie wurde bösartig.

Er fand es normal zu helfen, sie sagte, das sei seine Entscheidung, das interessiere sie nicht.

Ester war freundlich, sie brachte ihm Zitronenwasser, stets eisgekühlt, und das tat ihm gut, er trank in großen Schlucken, und dann arbeitete er weiter nach Livios Anweisungen, die immer präzise waren, punktgenau, und ihm keinen Spielraum ließen. Er konnte nicht sagen, das würde ich soundso machen, das würde ich anders machen, sein Schwiegervater gab ihm keine Möglichkeit zu verhandeln, es war, als drückten seine Stimme und auch sein Blick eine einzige Wahrheit aus: Das ist mein Haus, es wird so gemacht, wie ich es will.

Ettore war einverstanden. Es hätte keinen Sinn gehabt zu widersprechen.

Sie arbeiteten stumm und verabschiedeten sich stumm, Livio bedankte sich nie, und Ester gab ihm jedes Mal eine Tüte mit Essensresten oder Obstschalen mit, für die Tiere daheim, sagte sie. Er dankte, und sie lächelte ihr elegantes Lächeln.

Ester war immer elegant, auch wenn es dreißig Grad hatte, auch wenn sie mit Schweißperlen auf der Stirn in ihrem gestreiften Hauskleid erschien, auch wenn es regnete und sie mit einem kaputten, tropfenden Schirm ankam, während Ettore und Livio auf dem Dachboden saßen, um zu prüfen, ob es hereinregnete.

Auch bei ihr bedankte sich Livio nie, ihre Beziehung beruhte auf Schweigen, auf Gesten, die Ester machte, weil sie es richtig fand.

Ab und zu ließ Livio sich gehen, es geschah an den Tagen, die er besonders gelungen fand. Er wusch sich an dem Wasserhahn, den sie im Garten installiert hatten, neben der Betonmischmaschine, den Zementsäcken und dem Kiesberg, der jeden Tag schrumpfte und ab und zu von einem Lastwagen wieder aufgefüllt wurde.

Wenn er sich den Schweiß von Gesicht und Hals abgewaschen hatte, holte er eine Flasche Lambrusco aus dem kleinen Kühlschrank, den sie an einem Generator angeschlossen hatten, und setzte sich mit Ettore im Nachmittagslicht hin, um die gemachten Fortschritte zu begutachten und Wein zu trinken, direkt aus der Flasche, wie unter Freunden.

Ettore dachte an seine Eltern, an die Beziehung, die er zu seinem Vater und seiner Mutter gehabt hatte, daran, dass in seiner Familie kein Platz war für Forderungen, schwelende Wut und Groll. Bei Ettore daheim wurde gearbeitet, alles schien sich nur darum zu drehen, von früh bis spät gab es immer etwas zu tun, ein Feld musste bewässert, ein Grundstück gepflügt, das Vieh gefüttert oder zum Tierarzt gebracht werden, man aß, dann schlief man, und im Morgengrauen des folgenden Tages begann alles von vorn.

Nie hatte Ettore Zeit gehabt, sein Leben zu betrachten und wehmütig zurückzudenken, er tat einfach, was getan werden musste. Und an den Nachmittagen, an denen er und sein Schwiegervater dort saßen und Wein tranken, war klar, dass das Haus fertig gebaut werden musste.

Das Haus, wo Pietro dann krabbelte und größer wurde, das Haus, das sie nie gesehen hatte.

Ester und Livio warten schon draußen auf sie, er sitzt auf ei nem Plastikstuhl, den Stock auf den Knien, sie steht hinter ihm, die Hände auf seinen Schultern, beide lächeln und begrüßen die Ankommenden, als sie aussteigen, als sie hineingehen, als Pietro auf seine Großmutter zugeht, um sie zu umarmen, auf die Wangen zu küssen und zu fragen, ob Livio sich gut benimmt.

Alle Worte und Zärtlichkeiten, Küsse und Liebkosungen gelten dem Kind, das sich wohlfühlt, sein Gesicht in Miriams und Pietros Haaren verbirgt, je nachdem, auf wessen Arm es gerade sein möchte.

Für das Kind verstecken Ettore und die Urgroßeltern ihre Traurigkeit hinter Scherzen, für Pietro decken sie den Tisch draußen hinterm Haus mit derselben Tischdecke, die sie auch bei allen seinen dort gefeierten Geburtstagen benutzt haben.

Ester denkt manchmal daran, wozu Kinder fähig sind, welche Macht sie haben, sie denkt, wie sie sich fühlen in einer von den Erwachsenen dominierten Welt, gebeutelt von ihren Unsicherheiten.

Als sie mit Kochen fertig ist, die Schüsseln auf den Tisch gestellt und zu Miriam gesagt hat, sie solle sitzen bleiben, mustert sie ihre Familie, Ettore lümmelt auf seinem Stuhl, die Gesichtszüge weicher, glatt rasiert, neben ihm Pietro, mit einem Ausdruck, den ihm niemand beigebracht hat und der sie an ihre Tochter erinnert.

Dann betrachtet sie das Kind in den Armen ihres Mannes Livio, der sich nach dem Infarkt so sehr verändert hat, ein anderer geworden ist als der, den sie geheiratet hat, ein Mann, der sich jetzt von Fernsehfilmen rühren lässt, ein Alter, der vor Monaten eines Nachmittags in Tränen ausbrach, als er den Kinderwagen mit dem schlafenden Kind schob und sich dann, im Park in der Nähe des Hauses, auf den Griff stützte und dem Versäumten nachweinte, sie schniefend ansah und sagte, er wollte, er könnte die Zeit zurückdrehen, ein anderer Vater sein.

Ester lächelt, während sie all das betrachtet, während sie dieses Mittagessen genießt, umgeben von Geplauder und Gelächter; sie lächelt und verbirgt, was sie gerade denkt, wie sie es immer getan hat, wie man es sie gelehrt hat, sie lächelt und steht auf, um abzuräumen.

Sie verfinstert sich nur einen Augenblick, während sie in die Küche geht, die Teller ins Waschbecken stellt, die Spülmaschine öffnet und ihr Rücken schmerzt, während sie den Mangel spürt, der ihre Wangen zeichnet, der ihre Lippen beben lässt, ein Mangel, den sie kaut und herunterschluckt.

Sie denkt an den Tag zurück, an dem ihre Tochter vor dem Haus stand und klingelte, an ihr Gesicht, an ihren Ausdruck auf der anderen Seite des Hofs, an ihre Augen. Ester hatte sie hereingebeten, und sie hatte abgelehnt.

Machen wir einen Spaziergang, hatte sie gesagt.

Ester war hinausgelaufen, wie sie war, im Hauskleid, ohne sich umzuziehen.

Ihre Tochter stand vor den Gitterstäben des geschlossenen Tors, sie hatte es geöffnet und sie vor sich gehabt, auf dieser Straße, die sie auswendig kannte, in diesem Viertel, das einmal neu war, vor diesem Busch mit gelben Blüten.

Schweigend waren sie über den Asphalt voller zermatschter Pfirsichblüten gegangen, die der Wind von den Bäumen geweht hatte.

Ester war besorgt, sie blickte auf ihre Schuhe, die sich zwischen den rosa Blütenblättern vorwärtsbewegten und mit ihrer Tochter Schritt hielten, während diese nach Worten zu suchen schien, die unmöglich zu finden waren.

Sie dachte, wann sie sich zum letzten Mal als Mutter gefühlt hatte, wann sie sich zum letzten Mal an der Hand gehalten hatten, zusammen spazieren gegangen waren und zusammen gelacht hatten. Sie dachte an die Nacht, in der ihre Tochter so heftiges Nasenbluten gehabt hatte, dass es war, als würde es nie mehr aufhören, an die Handtücher, die sie benutzt hatte, um es zu stillen, daran, wie endlich alles wieder normal war, und an die Stimme des kleinen Mädchens, die gesagt hatte, entschuldige, Mama, dass ich alles dreckig gemacht habe, nachher helfe ich dir beim Putzen.

Sie hatten sich nebeneinander auf eine Bank gesetzt, Knie an Knie, hatten zugeschaut, wie eine Katze die Straße überquerte, ein Spatz in einem Garten Krümel aufpickte, und die laue Maisonne genossen. Ester hatte das Profil ihrer Tochter betrachtet, die Augen voller Tränen, wie sie Luft geholt hatte, bevor sie zu sprechen begann.

Es waren wirre, abgehackte, zernagte Worte, gemurmelt und fast herausgeschrien, Worte, denen Ester kaum zugehört hatte, sie brauchte keine Worte, ihr genügte es, dort zu sitzen, zu schauen, zu sehen und zu *fühlen*. Ihr hatten die Augen genügt, die Haut, die Hände, die in der Luft fuchtelten, durch die Haare fuhren, im Gesicht kratzten.

Damals auf dieser Bank in der Sonne, umgeben von all den Düften, hatte sie gedacht, es gebe kein Wort für eine Mutter, die eine Tochter verliert, sie hatte beschlossen, dass sie auf alles verzichten würde, woran sie glaubte, um ihrer Familie, Ettore und Pietro, eine Ahnung von Glück zu ermöglichen, und dann hatte sie ihre Tochter umarmt, sie aufs Haar geküsst, ihr den Rücken und die Arme gestreichelt und sie an sich gedrückt. Sie hatte sie sagen hören, dass sie weggehen würde, dass sie sie alle verlassen würde.

Pietro zündet sich eine Zigarette an, betrachtet das grüne Gras und die Blumen, die Dächer der Fabrikhallen jenseits der Straße und des Feldes: Damals, als er klein war, als er mit seiner Großmutter dort draußen frühstückte und sie ihm morgens ein Fläschchen mit warmem Tee und zerbröselten Keksen machte, war das Feld grenzenlos gewesen, so weit sein Auge reichte. Ihm fehlt nicht die Stadt, das Leben, das er zu wollen geglaubt hatte, ihm fehlt nicht die Hektik einer unsicheren Zukunft, das Verkehrschaos, die grellen Farben, die riesigen Mietshäuser, die winzige Wohnung.

Er hört, was Ettore sagt, wie Livio zum x-ten Mal erzählt, wie er Ester erobert hatte, indem er vom Dach eines Hauses, das er gerade deckte, Serenaden für sie sang; er betrachtet seinen Sohn, der auf dem perfekten Rasen herumkrabbelt und Gänseblümchen abreißt, um sie Miriam hinzustrecken, die dasitzt und den Tag genießt.

Er spielt mit dem Feuerzeug in seiner Tasche, am liebsten würde er alles anzünden, alles verbrennen, seinen Vater, seinen Großvater und Ester verbrennen, Miriam und seinen Sohn, diese Bindungen, diese Wurzeln verbrennen, er wünschte, alles würde in Flammen aufgehen und zu Asche werden.

Er denkt an Gaia, an die Toilette damals an Weihnachten, an Miriam, in Tränen aufgelöst, daran, dass sie nicht weinte, als sie ihm sagte, dass sie ein Kind erwarteten, er denkt wieder an Fabbrico, das sich bei seiner Rückkehr vor seinen Augen geöffnet hatte, an den Kirchturm, das Aquädukt, die Felder, den Umzug, Miriams weiche Hüften während der Schwangerschaft, dann wieder an Gaia, an die Gerüche jener Nacht.

Er denkt an das Tagebuch seiner Mutter, an ihre Schrift, an das Geräusch, als er die Seiten herausriss, er denkt an das Lied, das sein Vater immer hörte, als er klein war, *è uno stallo o un rifiuto crudele e incosciente del diritto alla felicità*. Es ist auswegslos oder eine grausame und leichtsinnige Verweigerung des Rechts auf Glück.

Er umklammert die Armlehnen seines Stuhls, bis seine Fingerknöchel weiß werden, bis er seine Hände nicht mehr spürt, bis er nichts mehr fühlt.

Er steht auf und lächelt und fragt, ob jemand einen Espresso möchte.

Er geht ins Haus, hört das Wasser, das ins Becken fließt, hört kein Geschirr klappern, sieht die offene Spülmaschine, das Besteck darin, einen Topf, nähert sich der geöffneten Küchentür und sieht Ester am Fenster stehen, den Rücken ans Fensterbrett gelehnt.

Sie sehen sich von Weitem an, sie lächelt und Pietro tritt nicht ein, geht weiter durch den kühlen Flur zu der Tür, die zur Garage führt.

In der Stille, die ihn umgibt, zündet er sich eine Zigarette an, betrachtet den Spielplatz auf der anderen Seite der Straße, die Felder und das Land, das man hinter den Häusern ahnt, die Hitze, die es verdorren lässt, den durstigen Mais, der sich bis zu einem scheinbar wolkigen Horizont erstreckt, einem schwitzenden Horizont, der die Grenze der Erde anzeigt.

Glühend heiß brennt die Sonne jetzt vom aufgeklarten, farblosen Himmel herunter, er steigt ins Auto, schwitzt und verbrennt sich die Hände, die das Lenkrad umfassen, schließt die Augen, und als er sie wieder öffnet, steht Ester in der Tür, lächelt immer noch, macht ihm ein Zeichen mit der Hand und sagt, er solle mitkommen, ihr folgen.

Pietro weiß, dass sie ihm wahrscheinlich etwas über seine Mutter sagen möchte, er erkennt es daran, wie seine Großmutter sich bewegt, wie sie dasteht und auf ihn wartet. Er atmet und rührt sich nicht, die Hände immer noch am Steuer, sie lockern den Griff, gleiten in seinen Schoß, bevor er sich entschließt auszusteigen.

Ohne dass sie jemand sieht, gehen sie den Flur entlang und die Treppe hinauf ins Obergeschoss und steigen von dort auf den Dachboden: vier Räume voller Werkzeuge zur Holzbearbeitung, voller Kleider und Schränke, es riecht muffig, nach Feuchtigkeit, es riecht nach Leere, nach Staub.

Pietro sieht, wie Ester eine Holztür öffnet und in einem Raum verschwindet, er folgt ihr nicht, bleibt reglos stehen, bis sie eine von der Decke hängende Glühbirne einschaltet, bis das Licht die Kanten der Möbel, der Truhen, des Schranks und die Tücher über einigen alten Fahrrädern beleuchtet. Bis sie sagt, komm herein.

Er sieht, wie sie eine alte karierte Decke aufhebt, sieht den Staub tanzen, bevor er sich wer weiß wo verliert. Ester zieht ihre Schürze über den Knien hoch, bevor sie sich vor einem kleinen Holzschränkchen bückt und es mit einem Schlüssel aufschließt, den sie um den Hals trägt.

Pietro sieht nicht, was sie herausnimmt, er weiß nicht, ob er es sehen will, auch wenn die Neugier ihn drängte, sie beiseitezuschieben, zu sagen, sie solle aus dem Weg gehen, sich hinzuknien, um das Geheimnis zu entdecken, das sie ihm jetzt zeigt.

Er schaut auf die Hände, auf das, was sie umklammern, was seine Großmutter ihm hinhält. Nimm, sagt sie, schau es an.

Er möchte, möchte es gern nehmen und alles wissen, und gleichzeitig möchte er nichts wissen, nicht hier sein, ihr nicht gefolgt sein, noch im Auto sitzen, spüren, wie der Wind durchs heruntergekurbelte Fenster hereinweht, schon weit weg sein, überall, nur nicht hier.

Er möchte sie nicht nehmen, diese Ansichtskarten, die nicht verstaubt sind, die er jetzt in der Hand hält, diese Meerlandschaften und bunten, kitschigen Aufschriften in fremden Sprachen, diese anzüglichen Gestalten im Badeanzug, diese Häuser hoch oben auf dem Gipfel eines Bergs über einem sturmgepeitschten Meer.

Er blättert sie durch und dreht sie nicht um, noch nicht, schaut sie nacheinander an.

Er schwitzt, fühlt seine Hände glitschig werden, die Finger hinterlassen Abdrücke auf den Bildern, er fühlt seine Mutter so nah, dass er meint, ihren Atem auf seinem Hals zu spüren, ihr Parfüm zu riechen, ihre Hand auf seiner Wange. Er stellt sie sich vor wie auf dem einzigen Foto, das Livio ihm geschenkt hat, in diesem Kleid und mit dem Lächeln, er stellt sich vor, wie sie in einem Land am Meer durch diese Dörfer spaziert, wie sie die Menschen grüßt, wie sie geneckt wird wegen ihres Akzents, wie sie lacht, die fremden Wörter wiederholt, um sie zu lernen, wie sie die vor einem Geschäft hängenden Kleider begutachtet, in einem Gemüseladen das Obst probiert, sich mit dem Saft einer reifen Tomate bespritzt. Er stellt sie sich irgendwie unbeschwert vor, mit sich selbst im Reinen.

Er fühlt, wie seine Knie zittern, wie der Boden bebt, und dreht endlich diese kitschigen Aufnahmen um, sieht die Schrift, die er kennt, das *Ciao*, das sie schreibt, das *Mir geht es gut*, die Smileys, die Herzen, die sie malt, die Fremdsprache, die sie ab und zu benutzt, um Ester zu sagen, dass sie sie lieb hat.

Er liest die Fragen, die sie stellt, *wie geht es Pietro, wie geht es Miriam, wie geht es Ettore,* fährt weinend mit den Fingern über die Schrift, die Worte, die sie gewählt hat, hebt weinend den Blick zu dem von der Last des Geheimnisses befreiten Gesicht, zu seiner Großmutter, die noch mit schmerzenden Knien neben ihm hockt. Ester streicht Pietro mit der Hand übers Gesicht, trocknet mit dem Daumen die Träne, die ihm über die Wange läuft, sagt, die letzte Karte ist gerade erst gekommen, und holt sie aus der Schürzentasche.

Die hat sie geschrieben, um dem Kind zu gratulieren, sagt sie.

Und Pietro nimmt die Karte, schaut das Bild nicht an, dreht sie um und liest wieder, sieht wieder diese Unterschrift, *Anna*, den Namen seiner Mutter.

*Questo libro è stato tradotto grazie ad un contributo alla traduzione assegnato dal Ministero degli Affari Esteri e della Cooperazione Internazionale italiano.*

Dieses Buch wurde dankenswerterweise unterstützt mit einer Übersetzungsförderung des italienischen Ministeriums für Auswärtige Angelegenheiten und Internationale Kooperation.


Titel der Originalausgabe: *Il nome della madre*
Die deutsche Ausgabe erscheint mit freundlicher Unterstützung
von MalaTesta Literary Agency, Mailand.
Umschlaggestaltung: Heidi Sorg und Christof Leistl
Typografie und Satz: frese-werkstatt.de
Druck und Bindung: Pustet, Regensburg
ISBN 978-3-95614-432-5